螢川

宮本 輝

角川文庫
21204

目次

泥の河

堂島川と土佐堀川がひとつになり、安治川《あじかわ》と名を変えて大阪湾の一角に注《そそ》ぎ込んでいく。その川と川がまじわる所に三つの橋が架《か》かっていた。昭和橋と端建蔵橋《はたてくらはし》、それに舟津橋である。

藁《わら》や板きれや腐った果実を浮かべてゆるやかに流れるこの黄土《おうど》色《いろ》の川を見おろしながら、古びた市電がのろのろと渡っていった。

安治川と呼ばれていても、船舶会社の倉庫や夥《おびただ》しい数の貨物船が両岸にひしめき合って、それはもう海の領域であった。だが反対側の堂島川や土佐堀川に目を移すと、小さな民家が軒を並べて、それがずっと川上の、淀屋橋《よどやばし》や北浜《きたはま》といったビル街へと一直線に連なっていくさまが窺《うかが》えた。

川筋の住人は、自分たちが海の近辺で暮らしているとは思っていない。実際、川と橋に囲まれ、市電の轟音《ごうおん》や三輪自動車のけたたましい排気音に体を震わされていると、その周囲から海の風情《ふぜい》を感じ取ることは難しかった。だが満潮時、川が逆流してきた海水に押しあげられて河畔《かはん》の家の軒下で起伏を描き、ときおり潮の匂《にお》いを漂《ただよ》わせたりすると、人々は近くに海があることを思い知るのである。

川には、大きな木船を曳《ひ》いたポンポン船がひねもす行き来していた。川神丸とか、雷王丸とか、船名だけは大袈裟《おおげさ》な、そのくせ箱舟のように脆《もろ》い船体を幾重《いくえ》もの塗料で騙《だま》しあげたポンポン船は、船頭たちの貧しさを巧みに代弁していた。狭い船室に下半身を埋めたまま、彼等は妙に毅然《きぜん》とした目で橋の上の釣《つ》り人《びと》を睨《にら》みつける。すると釣り人は慌《あわ》てて糸をたぐりあげ、橋のたもとへと釣り場を移すのであった。

夏には殆《ほとん》どの釣り人が昭和橋に集まった。昭和橋には大きなアーチ状の欄干《らんかん》が施《ほどこ》されていて、それが橋の上に頃合《ころあい》の日陰《ひかげ》を落とすからであった。よく晴れた暑い日など、釣り人や、通りすがりに竿《さお》の先を覗《のぞ》き込んでいつまでも立ち去らぬ人や、さらには川《かわ》面《も》にたちこめた虚《うつ》ろな金色《こんじき》の陽炎《かげろう》を裂いて、ポンポン船が咳込《せきこ》むように進んでいくのをただぼんやり見つめている人が、騒然たる昭和橋の一角の、濃い日陰の中で佇《たたず》んでいた。その昭和橋から土佐堀川を臨《のぞ》んでちょうど対岸にあたる端建蔵橋《はたてくらはし》のたもとに、やなぎ食堂はあった。

「おっちゃん来月トラック買うから、あの馬のぶちゃんにあげよか」

「ほんまか？　ほんまに僕にくれるか」

店の入口から差し込む夏の陽《ひ》が、男のうしろで光の輪を作っていた。男は昼過ぎになると、馬に荷車を引かせて端建蔵橋を渡ってくる。いつもやなぎ食堂で弁当をひろげ、そのあとかき氷を食べていくのだった。そのあいだ、馬は店先でおとなしく待っていた。

信雄はきんつばを焼いている父の傍へ行き、

「あの馬、僕にやる言うてはるわ」

と言った。母の貞子がかき氷に蜜《みつ》をかけながら、ぎゅっと睨《にら》みつけた。

「ここの父子《おやこ》には冗談《じょうだん》が通じまへんねんで」

馬が珍しくいないた。

昭和三十年の大阪の街《まち》には、自動車の数が急速に増えつづけていたが、まだこうやって馬車を引く男の姿も残っていた。

「犬に猫《ねこ》、座敷にはひよこが三匹や。のぶちゃんよりお父ちゃんのほうが一所懸命になりはんねんから……。あげくに馬やて。いまでも、ほんまに飼《こ》うてもええなァぐらいに考えてる人ですねん」

男は大声で笑っている。

「冗談が通じんのはお母ちゃんのほうやで。なあ、のぶちゃん」

主人の晋平《しんぺい》がそう言って信雄の手にきんつばを握らせた。またきんつばかと信雄は父を上目づかいで見た。

「きんつばばっかりもういらん。氷おくれェな」

「いややったら食べんとき。氷もやれへん」

信雄は慌《あわ》てて頰張《ほおば》った。夏にきんつば焼いたかて売れるかいな——いつか母が言った言葉を心の中で叫んでみる。

「ここはあんたの便所やないでぇ」

貞子が顔をしかめて表に出ていった。馬は習慣のように、店先のきまった場所に糞《ふん》を落とした。

「いっつもすまんなあ……」

申し訳なさそうに叫ぶと、男は信雄を招き寄せた。

「わしのん半分やるさかい、匙《さじ》持っといで」

一杯のかき氷を、信雄と男は向かい合って食べた。信雄は男の顔にある火傷《やけど》のあとをそっと見た。左の耳が熔《と》けたようになってちぎれていた。信雄は、おっちゃん耳どないしたんと訊《き》いてみたいのだが、言おうとするといつも体が火照《ほて》ってくる。

「終戦後十年もたつ大阪で、いまだに馬車では稼《かせ》ぎもしれてるわ」

「トラック買うてほんまかいな？」

晋平が男の横に腰かけて訊《き》いた。

「中古やで。新車なんかよう買わんさかいなあ」

「中古でもトラックはトラックや。よう頑張《がんば》りはったなあ。あんた働き者《もん》やさかい。これからがうんと楽しみや」

「働き者はあの馬や。いやな顔ひとつせんと、ほんまによう働いてくれたわ」

ビールの栓《せん》を抜くと、晋平は男の前に置いた。

「これはわしの奢《おご》りや。前祝いに飲んでいってんか」

おおきに、おおきにと言いながら、男は嬉《うれ》しそうにビールを飲んだ。

「トラックで商売するようになっても、やなぎ食堂にはときどき顔出してや。わしがここに店開いて、その最初のお客さんがあんたやからなあ」

「そうや。まだここらに焼跡がごろごろ残ってるころやったなあ」

苺色《いちごいろ》の冷たさがきりきりと脳味噌《のうみそ》に突きあがってくる。信雄は匙《さじ》を口にくわえたま、思わず身を捩《よじ》らせた。慌《あわ》てて食べるさかいやと言って、晋平は掌で信雄の口元を拭《ふ》いた。

「のぶちゃんがまだお腹に入っとったで」

店先を掃除《そうじ》している貞子にも、男は話しかけた。

「ほんまに長いおつきあいや、あんたともなあ……」

貞子は馬と話しながら水の入ったバケツを差しだした。馬が水を飲む音と、遠くから聞こえるポンポン船の音が、蒸暑い店の中で混じりあっている。

いっぺん死んだ体やさかいと男は言った。

「ほんまにいっぺん死んだんや。そらまざまざと覚えてるでェ、あの時のことはなあ。真っ暗なとこへどんどん沈んでいったんや。なにやしらん蝶々《ちょうちょう》みたいなんが急に目の前で飛び始めてなあ、慌ててそれにつかまったひょうしに生きかえった。確かに五分間ほど息も脈も止まってた……わしをずっと抱いててくれた上官が、そない言うとった。死んだら何もかも終りやいうのん、あれは絶対嘘《うそ》やで」

「もう戦争はこりごりや」

「そのうちどこかの阿呆《あほ》が退屈しのぎにやり始めよるで」

歌島橋まで行くのだと言って男は立ちあがった。何やら楽しそうであった。

「きょうは重たいもん積んでんねん。舟津橋の坂、よう登るやろか……」

暑い日である。市電のレールが波打っている。

「のぶちゃん、幾つになったんや？」

馬の優しそうな目に見入りながら、信雄は胸を張った。

「八つや。二年生やで」

「そうか、うちの子ォはまだ五つや」

信雄は店先の戸に背をもたせかけて、男と馬を見送った。

「おっちゃん」

男が振り返った。ただなんとなく声を掛けたのであった。急に気恥しくなって、信雄は意味のない笑いを男に投げかけた。男も笑い、そのまま馬のたづなを引いて歩いていった。太った銀蠅《ぎんばえ》が、ぎらつきながらそのあとを追っていった。

馬は舟津橋の坂を登れなかった。何度も試みたが、あと一息のところで力尽きるのである。馬も男も少しずつ疲れて焦っていく様子が伝わってきた。車も市電も道行く人も、みな動きを停《と》めて、男と馬を見つめていた。

「おうれ！」

男の掛け声にあわせて、馬は渾身《こんしん》の力をふりしぼった。代赭色《たいしゃいろ》の体に奇怪な力瘤《ちからこぶ》が盛りあがり、それが陽炎《かげろう》の中で激しく震えた。夥《おびただ》しい汗が腹を伝って路上にしたたり落ちていく。

「二回に分けて橋渡ったらどうや？」

晋平の声に振り返った男は、大きく手を振って荷車の後にまわった。そして荷車を押しながら、馬と一緒に坂を駈《か》け登った。

「おうれ！」

馬の蹄《ひづめ》がどろどろに熔《と》けているアスファルトで滑《すべ》った。信雄の頭上で貞子が叫び声をあげた。

突然あともどりしてきた馬と荷車に押し倒された男は、鉄屑《てつくず》を満載した荷車の下敷になった。後輪が腹を、前輪がくねりながら腕と首を轢《ひ》いた。さらに、もがきながらあとずさりしていく馬の足が、男の全身を踏み砕いていく。

「のぶちゃん、来たらあかんで」

晋平は倒れている男めがけて走っていき、とぼとぼ戻《もど》ってくると、電話で救急車を呼んだ。

「死んでないんやろ、なあ大丈夫なんやろ？」

貞子は涙声でそう呟《つぶや》くと、店先にうずくまった。調理場の隅《すみ》に丸めて立てかけてあった茣蓙《ござ》を持ち、晋平はまた表に出ていった。

「信雄、中に入っといで」

貞子が呼んでいたが、信雄は動けなかった。

晋平が男の上に茣蓙を置いた。それは夕涼み用の花茣蓙であった。信雄は日溜《ひだま》りの底にしゃがみ込んで、灼《や》けたアスファルト道に咲いた目も鮮かな菖蒲《しょうぶ》と、その下から流れ出た血が舟津橋のたもとへくねくねと這《は》っていくのを見つめていた。やがてそれも人垣《ひとがき》に覆《おお》い隠されていく。

「可哀想《かわいそう》に、喉《のど》が乾いてるやろ。のぶちゃん、この水飲ましたり」

晋平がバケツに水を汲《く》んだ。信雄はバケツを両手で持つと、道を横切り、馬の傍に近づいていった。馬の口元に溜った葛湯《くずゆ》のような涎《よだれ》が、荒い息づかいとともに信雄の顔に降り注《そそ》いだ。

馬は水を飲もうとはしなかった。血走った目で信雄とバケツの水を交互に見つめていたが、そのうち花茣蓙の下で死んでいる飼主に視線を移し、じっと灼熱《しゃくねつ》に耐えていた。

「水飲みよれへん」

父のもとに走り帰って、信雄はそう訴えた。晋平はしきりに額の汗をぬぐいながら、

「自分が殺したと思てるんやろ……」

と言った。

「あの馬死んでまうわ。お父ちゃん、あの馬死んでまうわ」

信雄の体が突然鳥肌《とりはだ》立っていった。彼は父の膝《ひざ》にくらいついて泣いた。

「しゃあないがな。……お父ちゃんものぶちゃんも、どうしてやることもでけへんわ」

馬はやがて荷車から離されてどこかへ連れ去られていったが、荷車だけは、それから何日も橋のたもとに放置されていた。

雨ざらしになった荷車の傍で、傘《かさ》もささず立ちつくしている子供がいた。荷車には薦《こも》がかぶされていたが、その薦の下にはまだ鉄屑《てつくず》が乗せられたままであった。

台風が近づいていた。

民家は窓という窓に板を打ちつけてひっそりと身を屈《かが》めている。細かな雨と一緒に、藁《わら》の塊りや潰《つぶ》れた木箱の残骸《ざんがい》が路面を走っていく。

信雄は二階の雨戸をかすかに開いて少年のうしろ姿を見つめた。そんなふうに一人の人間を盗み見たのは、信雄には初めてのことであった。振り乱れる大きな柳の緑が、人も車も途絶えた灰色の道端にぽつんと佇《たたず》んでいる少年を、いまにも絡《から》み込んでしまいそうに思えた。

信雄は両親に気づかれないようにして階下に降り、そっと表に出た。そして少年に近づいていった。雨に濡《ぬ》れることも風にあおられることも意に介さず、なぜか吸い寄せられるように歩いていったのである。

少年の二、三歩うしろで立ち停《ど》まり、しばらく同じように立ちつくしていた信雄は、自分でも驚くほど甲高《かんだか》い声を張りあげた。

「何してんのん？」

少年はぎょっとして振り返り、雫《しずく》のしたたっている顔で信雄を見つめた。それからにっと笑いながら、

「この鉄、高う売れるで」

と言った。少年が鉄屑《てつくず》を盗もうとしていることに気づいた信雄は威丈高《いたけだか》に叫んだ。

「あかんでェ。これは人のもんやでェ、盗《と》ったらあかんでェ」

これは死んだ男の大切な商売物だったのだという思いがあった。

「そんなこと判《わか》ってるわい。……盗れへんわい」

そう言いながら、少年はもう一度媚《こ》びるように笑った。信雄はそれでも安心できないというふうに少年を見張っていた。

遠くから貨物船の汽笛が鳴り響き、それと同時に雨が急に太くなった。降り注《そそ》ぐ雨の中で、信雄はそっと少年の顔を窺《うかが》った。愛嬌《あいきょう》のある、妙に人を魅《ひ》きつける丸い目であった。厚い唇《くちびる》が半分開いて、そこから白い小さな歯が見える。

「この鉄、馬車のおっさんのやろ」

「……うん」

頷《うなず》きながら、信雄はなぜ少年がそのことを知っているのかと思った。

「あのおっちゃん、こないだここで死にはったんや」

信雄は上目づかいでそう呟《つぶや》いた。途方にくれた時、信雄はいつもそうやって間《ま》を繋《つな》ぐのである。

「あいつ、ときどきうちにも来よったわ」

少年は吐きすてるように言って、信雄の顔をじっと見つめた。二人はしばらく無言で睨《にら》み合っていた。

「僕の家《うち》、あそこや」

突然、少年は土佐堀川の彼方《かなた》を指差したが、雨にかすんだ風景の奥には、小さな橋の欄干《らんかん》がぼんやり屹立《きつりつ》しているだけだった。

「どこ？　よう見えへんわ」

少年は市電のレールを横切ると、端建蔵橋《はたてくらはし》の真ん中まで走っていった。信雄もあとを追った。

「あそこや。あの橋の下の、……ほれ、あの舟や」

目を凝《こ》らすと、湊橋《みなとばし》の下に、確かに一艘《いっそう》の船が繋がれている。だが信雄の目には、それは橋げたに絡《から》みついた汚物《おぶつ》のようにも映《うつ》った。

「あの舟や」

「……ふうん、舟に住《かみ》んでんのん？」

「そや、もっと上におったんやけど、きのうあそこに引越してきたんや」

少年が欄干《らんかん》に凭《もた》れて頬杖《ほおづえ》をついたので、信雄もそれを真似《まね》て横に並んだ。背は信雄のほうが少し高かった。

「寒ないか？」

と少年が訊《き》いた。

「うん、寒ない……」

二人ともずぶ濡《ぬ》れだった。雨は横なぐりに強く降ったかと思うと段々小降りになり、またにわかに強くなる、そんな状態をいつまでも繰り返していた。

その時、家々の真下《ました》にまでせりあがってきた濁水をぼんやり見おろしていた少年が、あっと大声を張りあげて信雄の肩をつかんだ。

「お化けや！」

「えっ、なに？　お化けてなに？」

信雄も少年の視線を追って薄暗い川を覗《のぞ》き込んだ。

「お化け鯉《ごい》や。あそこ見てみィ。あそこや、でっかい鯉が泳いどるやろ」

降りしきる雨が粘土色の川面《かわも》に無数の波紋を落としていた。濃い藍色《あいいろ》の水がその中で縞模様《しまもよう》を描きつつ渦巻《うずま》いている。汚物《おぶつ》の群れが橋げたにぶつかってくるくる回っていた。信雄はしたたる雫《しずく》を掌でぬぐうと、必死になって川面を探った。

「うわあ！」

そして思わず叫んだ。薄墨色の巨大な鯉が、まるで雨に打たれるために浮きあがってきたかのように、水面でゆっくりと円を描いていたのである。

「僕、こんなごっつい鯉、初めて見たわ」

実際、鯉は信雄の身の丈程もあった。鱗《うろこ》の一枚一枚が淡い紅色の線でふちどられ、丸く太った体の底から、何やら妖《あや》しい光を放っているようだった。

「僕はこれで三回目や。前に住んでたとこで二回見たわ」

少年はそう言ってから信雄の耳元に口を寄せた。

「誰《だれ》にも言ったらあかんで」

「何を?」

「この鯉見たことや」

なぜ口外してはいけないのか判《わか》らなかったが、信雄は唇《くちびる》をぎゅっと嚙《か》みしめると大きく頷《うなず》いてみせた。得体《えたい》の知れない少年とのあいだでひとつの秘密を共有しあったことが、信雄の心をときめかせたのであった。鯉《こい》はやがて身を翻《ひるがえ》らせて、土佐堀川の速い流れの中にもぐっていった。

信雄は自分の家を指差した。

「僕の家、そこのうどん屋や」

「へえ、うどん屋か……」

少年はもっと何かを話したそうにしていたが、ぱっと踵《きびす》を返すと、あとも見ず端建《はたて》蔵橋《くらはし》を走り渡り、昭和橋のアーチ状の欄干《らんかん》の中に消え去っていった。その少年と入れ替るように、風に吹き流された一枚の大きな板きれが、自分めがけてからからと飛んでくるのが見えて、信雄は慌《あわ》てて家に逃げ帰った。

その夜、信雄は高い熱を出した。

「こんな雨ン中、何しに表に出たんや!」

貞子がしつこく問い糺《ただ》したが、信雄は黙っていた。激しくなった雨や風の音に耳を傾けていると、母の体臭が、熱にうるんだ自分の体をねっとりと包み込んでくるように思える。信雄は目を閉じた。鯉に乗った少年が泥の川をのぼっていく。

「動かんとじっとしとき。汗いっぱいかいて、熱追い出してしまうんや」

父の晋平が笑いながら信雄の体を蒲団《ふとん》でくるんだ。父にならお化け鯉のことを話してもいいだろうか。

「ものすごいでっかい鯉《こい》がなあ……」

停電で付近一帯の灯《あか》りが消えた。蠟燭《ろうそく》の火が拡《ひろ》がるまでの短い時間の、ひきずり込まれていくような暗黒の中で、信雄はふと死んだ馬車の男を思い出した。彼は手探りで父を捜した。晋平のすったマッチの火が、闇《やみ》の中で蝶《ちょう》のように舞った。

「でっかい鯉が、どないしたんや?」

父の影が天井《てんじょう》にゆらめいている。

「……僕、でっかい鯉、釣ってみてきたいわ」

「よっしゃ、こんどお父ちゃんが釣ってきたる」

「どこで?」

「中央市場で」

信雄と晋平はくつくつ笑いながら蒲団の上を転げまわった。

しばらくして父と母が寝入ったのを確かめると、信雄はそっと起きあがり、川に面した階段のそこだけ板を打ち忘れた小さなガラス窓から、少年の家を捜した。

対岸の家々に灯《とも》された蠟燭《ろうそく》の光が、吹きすさぶ雨の中でちらちら並んでいた。そして、湊橋《みなとばし》があるあたりの川面《かわも》すれすれの所で、人魂《ひとだま》のように頼りなげに上下している黄色い灯《ひ》を見つけた。

ああ、あれがあの子の家かと思うと、信雄はガラスに顔を押し当てて、魅入られたように眺《なが》めつづけていた。

暁光《ぎょうこう》が川筋から湿気をあぶり出している。きれぎれの雲が飛んでいく。鋸《のこぎり》や金槌《かなづち》を使う音が河畔《かはん》のあちこちで響き、それに混じって子供たちの歓声も聞こえてきた。

台風が去ったあとの川には、畳や窓枠《まどわく》などと一緒に、額に納まったままの油絵や木製の置き物といった思いもかけない漂流物が流れてくる。付近の子供たちは、手に手に長い竿《さお》や網を持って河畔に集まり、めぼしい品を引きあげて晴れた空に乾かすのである。それが台風のあとの楽しみでもあった。そしてこんな日は、鮒《ふな》や鯉《こい》の群れが、日がな一日川面《かわも》に浮きあがって、疲れた体をのんびり癒《いや》していた。

「もう起きてもええ？」

信雄は何度も母に聞いた。

「何言うてんねん。きょう一日は寝てなはれ。すぐ熱出す弱虫のくせに」

子供たちの声が騒がしくなった。口々に何かをわめいている。見ると、豊田《とよだ》という家の双子《ふたご》の兄弟が小舟に乗って川を荒らしていた。兄弟は中学生で、一艘《いっそう》の小舟を持っていた。舟があれば、橋の下や流れの分岐点で群れをなす川魚を自由自在に生捕ることができる。羨《うらや》ましそうにしている子供たちを嘲《あざけ》るように、兄弟は学校が退《ひ》けるといつも舟を繰り出していった。信雄たちはこの兄弟を憎みながらも、愛想笑いを忘れなかった。それは舟に乗せてもらいたいことも勿論《もちろん》だったが、彼等が家の裏庭を掘って作りあげたという大きな生簀《いけす》を見たいからだった。おまえらが見たこともないような、でっかい鯉《こい》がおるんやぞと両腕を拡《ひろ》げてみせる兄弟の顔を、信雄は何度上目づかいで眺《なが》めたことだろう。

きょうも、漂流物の中からとりわけ値打物ばかり選んで拾いあげている兄弟の姿を追いながら、信雄は勝ち誇ったような気分に浸《ひた》っていた。たとえ兄弟がどれほど自慢しても、あのお化け鯉に優ることはないであろう。目を細め、眉根《まゆね》を寄せると対岸を窺《うかが》った。朝日が川面《かわも》でぎらついている。その隅《すみ》の黒い影の中に舟の家があった。倉庫や民家や電柱の輪郭を克明に描きながら、影は舟を乗せて揺れていた。

貞子が信雄の視線をめざとく察した。

「けったいな舟が引っ越してきたなあ……」

晋平も窓ぎわに腰かけて、打ちつけてある板を外《はず》しながら言った。

「そやけど、風流な屋形舟やないか」

「電気や水道なんか、どないしてはりますねんやろ」

「さあなあ、どないしてんねんやろなあ……」

昼近く、店が忙しくなってきた頃、信雄は両親に内緒で起きだすと、こっそり裏口から抜け出て、舟の家まで歩いていった。

散乱する立看板や、首筋にねっとりと絡《から》みつく眩《まぶ》しい日差しが、台風の名残《なご》りを伝えていた。切れた電線が昭和橋の欄干《らんかん》の中程に垂れさがっていた。架線修理をする数人の作業員がそのまわりで汗を流している。

湊橋《みなとばし》のたもとから細い道が落ちていた。それはかつてそこにはなかったもので、舟に住む少年の一家が作ったに違いなかった。市電や自動車の騒音や、何やら人声らしい音の塊りや、遠くからのポンポン船の響きなどが、舟の家のはるか彼方《かなた》でうねっていた。その場所に溜《た》まったまま、干満のたびに濡《ぬ》れたり乾いたりする汚物の群れが、岸辺《きしべ》の泥の上で腐っている。

信雄はしげしげと舟の家を見た。廃船を改造して屋根をつけたものらしい。舟には入口が二つあり、そのどちらにも長い板が渡されていた。人の気配はなかった。というより、人を寄せつけない淋《さび》しさが漂っているのを、信雄は子供心にも感じ取っていた。入っていくこともためらわれて、彼は橋のたもとにじっとたたずんでいた。

やがて屋根の一隅に陽光がこぼれ落ち、朽《く》ちた木肌《きはだ》をあぶり始めた。信雄は川に視線を移した。生まれてこのかた、ずっと自分の傍を流れつづけている黄土色の川が、なぜかきょうに限って、ひどく汚れたものに思えた。すると、馬糞《ばふん》の転がるアスファルト道も、歪《ゆが》んだ灰色の橋の群れも、川筋の家々のすすけた光沢も、みなことごとく汚ないもののように思えるのだった。信雄は無性《むしょう》に帰りたくなった。対岸に見える自分の家の屋根を見つめた。二階のすだれが小さく揺れているのが見えた。その時、誰かにうしろから肩を叩《たた》かれた。振り向くと、少年が大きなバケツをさげて立っていた。

「遊びに来たん?」

少年は不審気に信雄の顔を覗《のぞ》き込んだ。信雄はあらぬ方を見やりながら頷《うなず》いた。招かれてもいないのに、こうして訪ねてきたことが恥しかったのであった。それで信雄は咄嗟《とっさ》に嘘《うそ》をついた。

「きのうの鯉《こい》、またあそこで浮いてるで」

「えっ、ほんまか!」

言うが早いか、少年は走り出していた。信雄も走った。走っているうちに、信雄は本当にお化け鯉が姿をあらわしていそうな気がしてきた。

端建蔵橋《はたてくらはし》の真ん中から川を見おろした。

「どこにおった? なあ、どこらへんにいとった?」

信雄は川面《かわも》を指差した。

「……ふうん、もう早いこともぐってしまいよったんやなあ」

少年は残念そうに溜息《ためいき》をついている。

小舟に乗った双子の兄弟が、信雄の家の下あたりを行ったり来たりしている。

「あいつらに見つかれへんかったかなあ？」

「大丈夫や、絶対見つかれへんかったでェ」

「なんで絶対やて判《わか》る？」

信雄は少しうろたえた。

「なんでて……、あの鯉《こい》、すぐもぐってしもたもん」

「なんや、それ早よ言わんかいな。一所懸命走って損したわ」

少年の片頰《かたほお》が陽を浴びて火照《ほて》っていた。そのどこか大人《おとな》びた笑顔《えがお》を眺めて、信雄は自分の嘘《うそ》がとうにばれてしまっているような思いがした。その時初めて、信雄は少年が女物の赤いズック靴《ぐつ》を履《は》いているのに気づいた。先端の布地が破れて親指がのぞいていた。

「僕の家《うち》、おいで。なあ、おいでェな」

信雄の顔をじっと見つめながら、少年がそう言って手を引いた。二人はまた湊橋《みなとばし》まで駈《か》け戻った。

細い道を降り、渡しに足をかけようとして、信雄は岸辺のぬかるみにはまり込んだ。

「うわあ、靴の中までどろどろや」

膝《ひざ》の所まで埋まった信雄の片足を引き抜くと少年は大声で叫んだ。

「姉ちゃん、姉ちゃん」

信雄よりも二つ三つ年上の、色の白い少女が舟の家から顔を出し、前髪を両手で左右に分けながら信雄を見た。目元が弟とよく似ている。

「あそこのうどん屋の子ォや」

対岸に見えている信雄の家を、少年は姉に教えた。

少女は舟から出てくると、黙って信雄を舳先《へさき》の所まで連れていき、座らせて足を川に突き出させた。そして舟の中からひしゃくで水を汲《く》んできた。

「お名前、何ていいはるのん？」

そう言って少女は信雄の足に水をかけた。

「……板倉信雄」

「何年生や？」

「二年生」

「ほな、きっちゃんとおんなじやなあ」

きっちゃんというのが少年の呼び名だった。信雄ははにかみつつも、姉弟に名を尋ねた。そんなことは大人《おとな》だけがするものだと思っていたので、信雄は尋ねながら顔を紅潮させた。

「僕は、松本喜一や」

姉は銀子と名乗った。

「どこの学校？」

少年はちょっと何かを考えていたが、

「学校、……行ってない」

と答えて姉を見た。

「ふうん……」

青竹売りのリヤカーが湊橋《みなとばし》を渡ってくる。小舟を右に左に移動させながら、まだ漂流物を漁《あさ》っている双子の兄弟の坊主頭《ぼうずあたま》が、遠くで青く光っていた。

少女は丹念に信雄の足を洗った。水がなくなると舟の中に入っていき、また水を汲《く》んでくるのである。少年が川の水を汲みあげてズック靴を洗ってくれた。信雄は流れてきた西瓜《すいか》の皮をぼんやり眺めながら、されるままになって足を投げだしていた。日《ひ》溜《だま》りに座っていると急に汗が滲《にじ》んできたが、体の底には寒気があった。夜、また熱が出るかもしれないと信雄は思った。

少女が信雄の足の指をそっと開き、ちろちろ水を注いだ。ここちよかった。信雄は、こそばい、こそばいと大袈裟《おおげさ》に身を捩《よじ》ってみせた。そしてそのたびに笑い返してくる少女の顔を何度も横目で盗み見た。

「さあ、きれいになったで」

少女は粗末な服の裾《すそ》で信雄の足を拭《ふ》いて言った。

「信雄ちゃんの睫《まつげ》、長いなァ……」

信雄は顔を赤らめて、

「僕、のぶちゃんや」

と呟《つぶや》いた。

「のぶちゃん、中に入りィな。中は涼しいで」

少年が濡《ぬ》れたズック靴を舟の屋根に置いて信雄を誘った。

舟の中には四畳半程度の座敷があり、黒ずんだ箪笥《たんす》や膳《ぜん》が置かれていた。水に浮いている家の、いかにも頼りない感触が足元に漂っていた。部屋《へや》は二つあったが、それはベニア板で仕切られている。隣りの部屋へ行くには、一旦舟を出て、もうひとつの渡しから入らなければならないのである。

天井《てんじょう》から古びたランプが吊《つ》りさがっていた。信雄は昨夜の黄色い灯を思い描いた。

「水汲《く》めたか」

隣りの部屋から母親らしい女の声がした。低く細い声であった。

「公園の水道、夕方まで断水やて」

少女が答えた。大きな水甕《みずがめ》が部屋の入口に置かれてあった。

「喉《のど》乾いてしょうないわ。まだちょっとぐらい残ってるやろ？」

「……うん」

少女は水甕《みずがめ》を傾けてひしゃくですくったが、水はコップに半分ほど残っているだけだった。家には大切な水で足を洗ってくれたことを知り、信雄は身を小さくさせてうなだれていた。

「誰か来てるんか？」

「川向こうの、うどん屋の子ォや」

なぜか怒ったような口調で少年が言った。

「あんまりよその子、連れて来なや」

「僕の友だちや！」

「へえ、いつ友だちになってん？」

「きのうや」

「……きのう？」

母親は信雄にも話しかけた。

「坊《ぼん》、川向こうのうどん屋いうたら、だるま屋さんか？」

「ちがう。……やなぎ食堂や」

「うちらの子ォとつきおうたりしたら、家の人に叱られまっせ」

何と答えたらいいのか判《わか》らず、信雄は黙ってもじもじしていた。

「喜一、黒砂糖あったやろ。あれでも出してあげ」

と母親が言った。

少年は駄菓子屋《だがしや》に置いてあるような大きなガラス壜《びん》を棚《たな》からおろし、黒砂糖のかけらを出した。執拗《しつよう》に大きさにこだわっていたが、そのうちよく似た形の黒砂糖を三つ選んで、信雄と姉に渡した。

それきり声は途絶えた。不思議な静寂が、薄暗い舟の中にこもっていた。三人は黙って黒砂糖を齧《かじ》った。ポンポン船が通り過ぎていき、やがて押し寄せて来た波が、舟の家を大きく揺すった。

家に帰ってからも、信雄の体はずっと揺れつづけていた。すだれをたぐりあげ、窓辺に頬杖《ほおづえ》をついて舟の家を見つめた。母親の部屋のあたりに陽があたっていた。熱気を帯びた川風が信雄の風鈴を鳴らしている。公園の水道、夕方まで断水やて……という少女の言葉と、水甕《みずがめ》の底をさらうひしゃくの乾いた音が耳に残っていた。

信雄は階段の途中から店内の様子を窺《うかが》った。出前にいったのか、母の姿は見えなかった。晋平も店先の長椅子《ながいす》に腰をおろし、将棋《しょうぎ》の本を読んでいる。信雄は冷蔵庫に忍び寄り、こっそりラムネの壜《びん》を引き出した。そしてまた舟の家に向かった。

冷たいラムネの壜を胸にかかえたまま、湊橋《みなとばし》のたもとの細道を降りようとした時、突然、少女の優しい指の動きが、さらには背筋を這《は》い昇るそのくすぐったい感触が、切ない、そして淋《さび》しいものとして信雄の足先に甦《よみがえ》ってきた。

信雄はもと来た道を駈《か》け戻っていった。昭和橋の真ん中まで戻るとラムネの壜を川に投げ捨てた。なぜそうしたのか判《わか》らなかった。

立ち停《ど》まり立ち停まりしながら、信雄は長い時間をかけて橋を渡った。

やました丸という一人乗りの木の舟があった。赤地に黒で船名を織り込んだ旗を立てていた。七十をとうに過ぎたと思われる寡黙《かもく》な老人が、その舟で沙蚕《ごかい》を採《と》っているのである。

川底の泥《どろ》の塊りをすくいあげ、それを漉《す》き器に移して川の水で漉くと、やがて何匹もの沙蚕があらわれてくる。橋の上に並んだ釣り人が手を振ると、老人は緩慢な動作で櫓《ろ》を操《あやつ》り、舟を近づける。釣り人は空缶《あきかん》や餌箱《えさばこ》になにがしかの金を入れ、紐《ひも》に吊《つ》るして老人の鼻先に降ろすのである。老人は金額にみあった分量の沙蚕をその中に入れてくれる。

汚ない泥の底に、よく肥えた赤い沙蚕が生きていることが、信雄には不思議でならなかった。自分の胸を切り開くと、厚い泥の膜があり、そこから無数の沙蚕が這《は》い出てくる夢を、信雄はずっと以前に見たことがある。いつか臍《へそ》の緒を長くゆらめかせながら、生まれたばかりの赤子が流れて来たことがあった。その時もまた信雄は、無数の沙蚕が這い回る夢でうなされた。沙蚕と、それを川底から取り出す老人を、信雄は嫌《きら》いだった。

その日、信雄は朝早く眼を醒《さ》ました。銀子と喜一の姉弟と知り合って三日がたっていた。

朝日はまだ姿を見せていなかったが、鬱金色《うこんいろ》のさざめきがすでに川面《かわも》で煌《きら》めいていた。

信雄は何気なく土佐堀川を見おろした。やました丸に乗った老人が、川の真ん中でいつものように沙蚕《ごかい》を採っていた。明け方の涼しいうちに仕事をしてしまうつもりなのであろう。

老人のいつもと変らぬ手の動きを信雄はしばらく眺《なが》めていた。舟の家が朝焼けの中で暗く沈んでいた。晋平が寝返りをうったのでそちらに視線を移し、もう一度ぼんやりと川を眺めた。老人の姿はなかった。やました丸だけが小刻みに揺れている。大きな波紋がじわじわと岸辺に向かって撓《たわ》んでいく。

信雄は頰杖《ほおづえ》をついて事のなりゆきを考えていた。そして、これは大変なことになったと思った。

「お父ちゃん、お父ちゃん」

信雄は晋平を揺り起こすと言った。

「やました丸のお爺《じい》ちゃん、おれへんようになった」

「ああ？」

晋平は片目をあけて不機嫌《ふきげん》そうに川面《かわも》を覗《のぞ》いた。

「何が？　何がおれへんてェ？」

「お爺ちゃんが、おれへんようになった」

無人の舟を認めると、晋平はがばっと飛び起きた。

「おれへんて……、落ちたんやがな。えらいこっちゃ、爺さん、落ちてしもたんやがな」

晋平のしらせで警察の車が何台もやって来た。やがて大がかりな川ざらいが始まったが、老人は見つからなかった。

ほかには誰も老人の姿を見ていたものはなかったので、夕方、信雄は父とともに交番所に呼ばれた。

「ええか、よお気ィ落ちつけて思い出すんやで。爺さんは確かに舟に乗って沙蚕《ごかい》採っとんたんやな？」

巡査は信雄の口に金平糖を含ませると聞いた。

「……うん」

ひとつの質問に答えるたびに、巡査は信雄の口に金平糖を入れてくれるのである。一番電車が通り過ぎて行ったこと、お天道《てんと》さまはまだ昇っていなかったこと、おしっこに行きたかったことなどを信雄は懸命に述べた。

「よっしゃ、よっしゃ。さあこれからが肝心なとこや。爺さんは、落ちたんか？それとも自分で飛び込んだんか？」

「……知らん」

たちまち巡査は不機嫌になって鉛筆の先で机を叩《たた》いた。

「知らんことはないやろ。それでは困るんや。よお思い出しや」

困ったのは信雄の方であった。彼は上目づかいで巡査を睨《にら》み、

「見てなかったから、僕知らん」

と呟《つぶや》いた。

「見てなかったて……。爺さんが沙蚕《ごかい》採るのはちゃんと見とったんやろ。あげくに爺さんがおれへんようになった言うて、お父ちゃんを起こしたのもあんたや。なんで落ちるとこだけ見てなかったんや」

「なんで見てなかったて、そらたまたまその時だけ他のとこ見てることかてあるわいな！」晋平がむっとした表情で横から口を挟《はさ》んだ。

「わしは息子《むすこ》と話しとるんや。……あの爺さんがどこに住んでるのかまだ判《わか》ってない。ひょっとしたら舟だけが、まちごうて流れて来たということも考えられるからなあ」

「そんなこと警察が勝手に調べたらええやないか。うちの子は見てない言うてんねんから、もうそれでよろしおまっしゃろ」

父と巡査のやりとりを聞いていた信雄は、突然こう言った。

「あのお爺《じい》ちゃん、食べられてしもたわ」

「何やてェ！」

「お化けみたいなでっかい鯉に、食べられてしもたわ」

そこで巡査はやっと諦《あきら》めて、父子を解放したのである。

父に手を引かれて帰っていく道すがら、信雄は同じ言葉を憑《つ》かれたように繰り返していた。

「お爺ちゃん、鯉に食べられたんや。ほんまやでェ。僕、ちゃんと見とったんやでェ」

「そやそや、沙蚕《ごかい》採りすぎて、自分まで魚の餌《えさ》になってしまいよったんや」

母の貞子は、その夜、信雄を抱いて寝た。気がふれたように巨大な鯉の存在を口走る息子が、たまらなく不憫《ふびん》に思えたのである。

老人の死体は、結局見つからぬままであった。

「気の落ちつかん子ォや。御飯食べる時はよそ見せんと食べなはれ」

しきりに対岸を見つめている信雄の手を、貞子がいきなり叩《たた》いた。

夕陽《ゆうひ》の、赤錆《あかさび》のようなかけらが、少しずつ黒ずみながら川面《かわも》を昇っていた。夕餉《ゆうげ》の香りが河畔のあちこちから漂ってくる頃《ころ》、姉弟は舟から出て来て遊び始めるのである。その姿は対岸の信雄の家からも垣間見《かいまみ》ることができた。暮れなずむ道端にしゃがみこんで、何やら遊んでいるらしい喜一と銀子の姿は、やがてとっぷり暮れてしまってからも、闇《やみ》の奥でちらちら動いていた。夜更《よふ》けて、ときおり点《つ》いたり消えたりする母親の部屋の灯《ひ》も、小さなさざなみの青さよりもっとはかない何かを投げかけてきた。舟の家と、姉弟の遠い姿は、自分の家の明るさとはまったく正反対な、それでいて得体《えたい》の知れない不思議な力で、信雄の心を魅《ひ》きつけてくるのであった。

「こんど、きっちゃん連れて来てええか？」

「きっちゃんて誰やねん？」

「あの舟の子ォや」

「へえ、あそこの子ォと、もう友だちになったんか？」

「うん、きっちゃんのお母さん、黒砂糖くれはったで」

貞子は暗くなった部屋に明かりを点《とも》した。

「はあん、ほんでこないだから川向こうばっかり気にしてたんやな」

「銀子ちゃんいうお姉さんもいてはんねん」

信雄は、ぬかるみにはまったことや、汚れた足を銀子に洗ってもらったことを話した。

「どんなお商売してはんねん？」

信雄は答えに窮した。そう言えば、あの一家は何をして暮らしているのだろうと思った。

「そんなん知らんわ。……なあ、きっちゃんが来たら、かき氷出してあげてや」

「へえへえ、のぶちゃんのお友だちやったら、せいぜいおもてなしさせてもらいまっせ」

晋平と交替するため、貞子は慌《あわただ》しく店に降りていった。夜は殆《ほとん》ど客はなかったが、八時まで店を開いているのが習慣になっていた。早く晩酌《ばんしゃく》を傾けたい晋平が、下から貞子をせかすのである。

「のぶちゃん、宿題、ちゃんとやってるか？」

あがってくるなり晋平はそう言って信雄の顔を両手で挟んだ。

「半分済んだでェ」

「あとの半分、お父ちゃんがやったろか?」

「宿題は絶対自分でやりなさい言うてはった」

晋平は笑いながら、銚子《ちょうし》の酒をコップについで一気に飲みほした。

「あの女の先生、そんな固いこと言うてはったか」

「うん、誤魔化してもちゃんと判《わか》る言うてはったわ」

「夏休みいうのは遊ぶためにあんねや。遊んで大きならんと、ろくな奴《やつ》にならん。うちの一人息子をあんまりえらい人にせんといてや……お父ちゃんがそない頼んでたと言うとき」

信雄は舟の姉弟のことを、もう一度父にも話した。

「あそこの親父も、戦争で受けた傷がもとで死んだそうや」

信雄は父が舟の一家のことを知っているのが意外だった。

「川の連中が話しとったんを小耳に挟んだんや。骨髄炎いうてなあ、骨が腐っていく病気や。……戦争は、まだ終ってないでェ、なあ、のぶちゃん」

晋平は酔うときまって上半身裸になった。体に戦争で受けた弾の跡がある。背中から脇《わき》の下に抜けた貫通銃創の、大きな傷跡である。

「夜は、あの舟に行ったらあかんで」

「……なんで?」

晋平は黙って銚子を振った。燗《かん》をしろという催促なのである。晋平に言わせると、信雄は酒の燗をする天才だということであった。ちょっと足りないような、それでいてつかりすぎた気もする、これがほんとの人肌《ひとはだ》だと晋平はいつも賞《ほ》めた。

「けったいなことが上手《じょうず》やで、おまえは」

「なんで夜はきっちゃんの家に行ったらあかんの？」

晋平はそのことには答えず、しばらく何かを考えていたが、

「のぶちゃん、雪のぎょうさん降るとこで暮らしてみたないか？」

と言って頬杖をついた。

「雪の降るとこて、どこ？」

「新潟《にいがた》や」

信雄には、新潟という所がいったいどこにあるのか見当もつかなかった。

「お父ちゃんなあ、もっと他のことがしてみたくなった……。もっと張りのあることをなあ」

「………」

「わしかて、いっぺん死んだ体や。あの馬車のおっさんが死んだ日、ほんまにあの日は一日中、体がきゅうっと絞りあげられるような気持やったで。いっぺん死んだ体やさかい——あいつ、そない言うて死によった。あいつも、わしも、いままでに何遍

も何遍も死んできたような気がしたんや。けったいな話やけど、ほんまにそんな気がしたんや。人の死に目に逢《お》うたんは、あれが初めてやないでェ、そらもう何人もの人間が、わしの傍でばたばた倒れていきよった。……そやけど、あんな気持になったのはあの日が初めてや」

信雄は膳に凭《もた》れこんでポカンと父の顔を見つめていた。

「ほんまに、あっちゅうまに死んでまうんやでェ、いまのいままで物言うとった奴《やつ》がなあ。部隊で生き残ったんは二人だけや。日本の土踏んだ時、俺《おれ》はしあわせや、何にものうても、生きてるというだけでしあわせや、真底そない思たもんや。何年振りかでお母ちゃんの顔見て、俺の女房こないに別嬪《べっぴん》やったかとほっぺたつねったわ」

いつもの晋平とは違っていた。階下から、いらっしゃいませェという貞子の声が聞こえた。信雄は身を乗りだして父のコップに酒をついだ。

「西陽《にしび》浴びてきんつば焼いてるとなあ、なんや満州の夏を思い出すんや。あの戦争で、俺《おれ》はなんで死んでしまえへんかったんやろ……、なんで生き残れたんやろ……。そんなことをふっと考え込んでる時があるんや。……もうひとりの生き残りはなあ、村岡いう奴やった。和歌山の百姓で、子供が二人おった。雨あられの砲弾の中でも、かすり傷ひとつせんかった男や。それが復員して三か月程してから、崖《がけ》から落ちて死によった。たかが五尺程の高さから落ちて、あっさり死んでまいよったんや。何回も何回も九死に一生を得るような目に逢うて、やっとの思いで祖国へ帰って来て、ほんでからそんなすかみたいな死に方してしまいよった……」

遊び仲間の父親の中には、信雄たちを前に戦争の武勇伝を語る人が多かった。それはいつも映画を見るように華やかで勇壮なものであった。だが晋平の口から流れ出る言葉には、機関銃や戦闘機の耳を震わす轟音《ごうおん》はいっこうに出てこなかった。

「終戦後二年程してから、天王寺《てんのうじ》の闇市《やみいち》で、特攻崩れの若い男が日本刀持って暴れ回ってるとこに出くわしたことがあるんや。……おのれ、日本は敗けたぞ、敗けたんやぞォ。おのれらもっと口惜《くや》しがれ。神風なんかに騙《だま》されやがって、神風出て来い、みんなの前に出て来てみィ！　なんや訳の判《わか》らんこと言うて泣いとった。阿呆《あほ》、葉書一枚で、女房や子供から生木《なまき》裂くみたいに引き離されて兵隊に駆り出されていった連中に、勝ったも敗けたもあるかい、生きたか死んだかだけじゃ。ここまで言葉があがってきて、ふっと村岡のことが頭に浮かんだんや。その途端、涙が出て止まらへんようになってなあ……」

晋平は信雄を膝《ひざ》の上に招き寄せた。

「なあ、のぶちゃん。一所懸命生きて来て、人間死ぬいうたら、ほんまにすかみたいな死に方するもんや。……こないだ死んだ馬車のおっさん、あいつも、ビルマの数少ない生き残りや」

市電が通り過ぎていく。その振動は信雄の体にも伝わってくる。信雄は父の膝に丸まって、だんだん消えていく振動の余韻を追った。舟の家のどこかはかない揺れ具合が心の中に甦《よみがえ》っていた。

「新潟でなァ、……新潟で一緒に商売しょういうて、お父ちゃんを誘うてくれる人がおるんや。お父ちゃんなあ、なんかこう、力一杯のことをやっときたいんや」

酒臭かったが、晋平が酔ってはいないことを信雄は知っていた。それは座り慣れた膝の上の感触で判《わか》る。父の膝は、酔うといつもぐにゃりと力萎《な》える。

「新潟へ、……いつ行くのん？」

「まだ行くと決めた訳やないがな。大抵、お母ちゃんがいやや言うやろ」

「……僕、新潟へ行きたいわ。雪のいっぱい降るとこで暮らしたいわ」

信雄は心とは裏腹な言葉を喋《しゃべ》りながら、晋平の胸に頭をこつこつ打ちつけた。新潟という地も、降り積る雪も、信雄にとっては未知な、それでいて妙に寂しげな響きを持つものであった。

死んだ馬車の男の体を覆《おお》っていた花茣蓙《はなござ》の色濃い菖蒲《しょうぶ》の紫、忽然《こつぜん》と消え去ったやました丸の老人、そして夜は舟の家に行ってはいけないという父の言葉、それらが信雄の心に、縺《もつ》れ合った糸屑《いとくず》のようになって置かれた。

あくる日、信雄の誘いで喜一と銀子が遊びに来た。

母が自分との約束どおり、二人をもてなしてくれたことが、信雄は嬉《うれ》しかった。信雄の新しい友達が遊びに来ると、家族のことや家の職業のことなど根掘り葉掘り質問するのが常であったが、貞子は姉弟には何も問いかけなかった。

信雄は、もうひとり女の子が欲しかったといつも口癖のように言っている母が、きっと無口で行儀のよい銀子を気に入ったのだと思ったが、髪を櫛《くし》でとかしてやったりする母の態度には何か特別のものも含まれているような気がした。

「いっつも銀子ちゃんがご飯ごしらえしたり、片づけもんしたりするんやて。まだ小学校の四年生やで。友子や薫《かおる》に聞かせてやりたいわ」

貞子が信雄の従姉《いとこ》たちの名をあげて銀子を賞《ほ》めると、

「僕かて、ぎょうさん歌知ってるでェ」

喜一がむきになってそう言った。

「へえ、そらえらいなあ。ほな、おばちゃんに一曲歌《うと》て聞かせてェな」

喜一は直立不動になると、天井《てんじょう》を睨《にら》んで歌い始めた。

ここは御国《おくに》を何百里
離れて遠き満州の
赤い夕陽に照らされて

友は野末の石の下

店じまいの手を途中で止めて、晋平はじっと喜一の歌に耳を傾けていた。そんな晋平の、最近少し薄くなったように思える頭髪を、信雄は見た。その真上で、扇風機の風に煽《あお》られた蠅《はえ》取り紙がなびいている。ついさっきまでのはしゃいだ気分が信雄の中から消えていき、親戚《しんせき》の家に泊った晩のような、妙に不安な、家恋しい気分に似たものがつのってきた。

「その歌、最後まで知ってるか？」

「うん、全部歌えるで」

「そら凄《すご》いなあ。……そうかあ、もういっぺん最初から全部聞かせてェな」

長い歌を喜一は懸命に歌った。大人《おとな》びた節回しが、その歌のもつ侘《わび》しさに拍車《はくしゃ》をかけていた。信雄は、扇風機の緩慢な横降り運動を目でぼんやり追っている銀子に視線を移した。光沢のない髪の毛が、黄色い電灯の下ですすけていた。細い臑《すね》も虫さされの跡で腫《は》れていた。

戦いすんで日が暮れて
捜しに戻《もど》る心では

どうぞ生きていてくれよ
ものなぞ言えと願うたに

「うまい、ほんまにうまいなあ……」

晋平の言葉で、喜一は紅潮した顔を崩して恥らいながら、嬉《うれ》しそうに俯向《うつむ》いた。その素振りが可愛らしくて、それ以後も晋平と貞子は、ほんの些細《ささい》なことでも大袈裟《おおげさ》に喜一を賞《ほ》めた。そのたびに喜一は、顔を真赤《まっか》にして身を捩《よじ》り、何とも言えない笑顔で応《こた》えるのであった。

「なあ、お父さん、こないだ薫に買《こ》うてやったワンピース、あの子には小そうて、そのまま簞笥《たんす》にしもてあるねん。あれ、銀子ちゃんにどないだすやろ」

貞子は銀子の手を引いて、いそいそと二階にあがっていった。

「その歌、どこで覚えたんや？」

「近所にいてた傷痍《しょうい》軍人のおっさんが教えてくれてん」

「前は中之島公園におったんやろ？」

「うん、そやけど、あそこは川も公園のうちやから、住んだらあかんて言われたんや」

晋平は濡《ぬ》れタオルで喜一の顔の汚れを拭《ふ》いてやった。

「あんたのお父さん、腕のええ船頭やったそうやなあ」

喜一は黙っていた。父親のことは記憶にないようだった。

その時、三、四人の客が入って来た。みなポンポン船で川を上り下りしている顔馴《かおな》染《じ》みの男たちである。たちまち店内には汗の匂《にお》いが満ちた。

「悪いけど、もう店閉めよかと思てんねや」

晋平が断わると、

「そんな殺生《せっしょう》なこと言いないな」

男たちは笑いながら手を合わせた。

「まだひと仕事残っててなあ……、これから桜之宮まで上らんならん。なんぞ腹ごしらえさせてェな」

信雄と喜一は店の隅に移って漫画の本をひろげた。男のひとりが信雄に笑いかけた。

「のぶちゃん、えらいこんどは災難やったなあ」

信雄が交番所に呼ばれたことは、もう川の男たちに知れ渡っていた。

「川で起こったことは、のぶちゃんに訊《き》けっちゅうぐらいや。まいにち窓のはたに座って、川見張ってるんやから」

「しかし、あの爺《じい》さん、どこへ行ってしまいよったんやろ。大方、湾の方に流されて泥の底に吸い込まれてしもたんやろなあ」

「湾の底には、ぶよぶよの泥が、五、六メートル程の厚みで積ってるっちゅう話やさかい……」

ひとしきり、行方《ゆくえ》不明になった老人の話に花が咲いたが、そのうち誰《だれ》かが喜一を見て言った。

「あれっ、こいつ廓舟《くるわぶね》の子ォと違うか……」

男たちは一斉に喜一を見つめた。喜一は知らぬ振りをして本から視線を移さなかった。

「廓舟て、あそこのボロ舟かいな」

「そうや、いきな名前やろ。小西のおっさんがつけたんや。あのおっさん、ご執心やったからなあ」

晋平が調理場から男たちの声を遮《さえぎ》った。

「子供の前で、そんな話、せんといてや」

「何言うてんねんな。この子、お母《か》はんの替りに、ときどき客引きしてるっちゅう話やで」

どっと笑い声が起こった。信雄は喜一の顔から血の気が引いていくのを、何か怖《おそろ》しいものを見る思いで眺めていた。

「パンパンにしては、ええ女らしいで」

「何がええねんな。顔かいな、あそこがかいな」

「さあ、そらはっきり聞けへんかったなあ」

男たちはまた笑った。信雄は男たちを激しく憎んだ。深い意味は判《わか》らなかったが、このうえない蔑《さげす》みが舟の親子に浴びせられているのだと思った。パンパンという意味も、信雄には理解しかねることであったが、ベニア板越しに聞こえていた姉弟の母親の弱々しい声が、その言葉の持つものとどこかで繫《つな》がり合っていた。

喜一は身動きひとつせず漫画の本を見ていたが、その丸い瞳《ひとみ》は一点で止まったままだった。尖《とが》った神経を肩口でいからせ、ぎゅっと身構えていることは誰《だれ》の目にも判った。

「安《や》っさん、ええかげんにしといてや」

晋平のいつにない険しい表情で、男たちはやがて話題を変えた。

男たちが去ると、信雄は父に手品を見せてくれとねだった。喜一の瞳にまだ鈍い光を宿している霞《かすみ》のような膜を振り払いたかった。

「よっしゃ、きょうは特別サービスや」

晋平は卵をひとつ持って調理場から出てきた。消える卵という晋平得意の手品である。右の掌で卵を包み込む。左の手を、その右の掌の前で気合もろとも一閃《いっせん》させると、確かに握られていた筈《はず》の卵は忽然《こつぜん》と消える。信雄にとっては、何度見ても飽きない世にも不思議な手品であった。

「あれえ？」

そう呟《つぶや》いて喜一が目を大きく瞠《みひら》いたことが、信雄は嬉《うれ》しくてたまらなかった。晋平がもう一度同じ動作を行なうと、こんどは姿をくらましていた卵が右の掌にちゃんとあらわれた。

「あちゃあ……」

喜一は茫然《ぼうぜん》と晋平の手の動きに心を奪われている。

貞子と銀子が降りてきた。真新しい花柄の服を着た銀子は赤い髪飾りまでつけていた。

「またお父ちゃんの十八番《おはこ》や。何とかのひとつおぼえでな、お父ちゃんこれしかようせんねん」

貞子がそう言って晋平をひやかした。

「阿呆《あほ》、手品の中でこれが一番難しいんや。これが出来たら、マジシャンとしては一流や。おまえ、うしろから種あかししたらあかんぞォ」

うしろから見たら、そのからくりが判るのだろうかと信雄は思ったが、知らないでいる方がずっと楽しいような気がした。

「お母ちゃんのええ着せ替え人形にされてしもうたなあ」

晋平は笑って銀子の髪飾りに触れた。

「色白で別嬪《べっぴん》さんやから甲斐《かい》があるわ。きっちゃんとえらい違いや」

みんな笑ったが、銀子だけは表情を崩さなかった。そそくさと着替えると、きれいに畳んで貞子に返した。下着一枚になった銀子の痩《や》せた体に、蠅《はえ》取り紙の揺れる影が落ちていった。

「なんで？　おばちゃん、これ銀子ちゃんにあげるつもりやねんで」

銀子は黙っていた。服から視線をそらして身を固くさせた。貞子もそれ以上は押しつけられなかった。

「ほな、髪飾りだけでももろてえな。これやったらええやろ？」

銀子はそれも受け取ろうとはしなかった。

裏窓からそよいで来た涼やかな川風に蚊取《かと》り線香の匂《にお》いが薄く混じっていて、それが夜更けた河畔のひたひたと沈み込んでいくような静けさをさらに煽《あお》った。

「……帰るわ、もう遅いから」

喜一が、晋平と貞子の顔を窺《うかが》いながら言った。

信雄たち親子は、姉弟を端建蔵橋《はたてくらはし》のたもとまで送った。

「銀子ちゃんて、ほんまに何にも喋《しゃべ》らへん子ォや……」

貞子がぽつんとそう呟《つぶや》いた時、安治川《あじかわ》の一角から扇状の光が進んできた。さっきの男たちであろう。何隻かのポンポン船は、河畔のしじまを裂いて川を上っていく。信雄も晋平も貞子も、おぼろな輪郭を浮きあがらせて闇《やみ》の底でひっそりと息づいているような、舟の家のランプの灯《ひ》を見つめた。ポンポン船の投光器が川面《かわも》に放つ光線は、舟の家をくっきりと浮きあがらせて、やがて遠ざかっていった。

いまにも雨の降りだしそうな日だった。

信雄はけんけんしながら端建蔵橋《はたてくらはし》を渡っていった。足は自然に舟の家へ向かった。釣り人が捨てていったセルロイド製の小さな浮きを見つけると、彼はそれをポケットにしまった。それは信雄の奇妙な癖でもあった。道端に落ちている光る物や、ふっと興味をおぼえた品々をせっせとポケットに詰め込んでいく。そして自分が何を拾ったのかたちまち忘れてしまう。ガラス玉や金属のかけらに混じって、ときおりざりがにの死骸《しがい》やまだ動いている蜥蜴《とかげ》のしっぽなどが飛び出してきて、貞子を仰天させることもあった。

信雄は渡しをひょいひょい走って狭い戸口から舟の中を覗《のぞ》いた。姉弟の姿はなかった。

「きっちゃん……」

と小声で呼んだ。するとベニア板の向こうから母親の声がした。

「いま、水汲《く》みに行ったでェ」

「……ふうん」

信雄は所在なげに戸口の所で立ちつくしていた。

「のぶちゃん、こっちへ廻《まわ》っといで」

と母親が呼んだ。信雄はいつもベニア板越しに話をするだけで、まだ一度も母親の姿を見たことはなかった。信雄が躊躇《ちゅうちょ》していると、母親がまた呼んだ。

「どないしたんや？　遠慮してるのん？」

信雄は渡しを降り、岸辺の泥の乾いている所を選んで舟尾《とも》の方へ回っていった。信雄ですらやっとくぐれそうな小さな開き戸があった。彼はそれをそっと押し開いた。開き戸の向こうはすぐ座敷になっていた。

「靴は表に置いとき」

信雄は入口の所に正座して姉弟の母親を見た。櫛目《くしめ》のきれいに通った艶《つや》やかな髪の毛をぎゅっとうしろにひっつめた、貞子よりもずっと若い女が、畳んで重ねあげた蒲《ふ》団《とん》に凭《もた》れかかって信雄を見つめていた。

「のぶちゃんの顔見るのん、初めてやな」

と母親は言った。信雄は頷《うなず》きながら部屋の中をちらちら見回した。蒲団と粗末な鏡台だけの殺風景な部屋だったが、信雄がかつて嗅いだこともないような甘く湿っぽい、それでいてけっして心楽しくはない香りが漂っていた。

「そんなとこに座ってんと、もっとこっちにおいで」

母親の傍の、川べりの窓辺に移って、信雄はもじもじしていた。喜一とも銀子とも似ていない一重《ひとえ》の細長い目を信雄に注ぐと、母親はかすかに笑いながら言った。

「うちの子ォがいっつもお世話になって……。お父さんとお母さんに、よろしゅう言うといてや」

「おばちゃんも、いっぺん僕の家《うち》に遊びにおいで」

喋《しゃべ》りながら、信雄は胸を高鳴らせていた。

おおきに……そう呟《つぶや》きながら母親はくすっと笑った。

「かしこいこと言わはる子ォやな……。もうずっと昔から、あそこでうどん屋さんしてはんのん？」

「うん」

「おばちゃんもなあ、あんたとこみたいなお店が持ちたかったけど……、いつのまにやら、体動かして働くのんが、しんどうなってしもた」

「………」

「いつのまにやろ……。あの乳飲《ちの》み子が、それでもあないに大きくなったわ」

信雄は、母親の顳顬《こめかみ》にへばりついたほつれ毛の中から、一筋の汗が伝い落ちていくさまに心を奪われた。青白い化粧気《けしょうげ》のない顔は、信雄には美しいものに映った。細長い首や白蠟《はくろう》のような胸元にも、うっすら汗が噴き出ている。川風が間断なく通り過ぎていく涼しい日であった。鉛色の曇空がだんだらになって動いている。川もまた茶色にくすんでいた。

部屋の中にそこはかとなく漂っている、この不思議な匂《にお》いは、霧状の汗とともに母親の体から忍び出る疲れたそれでいてなまめいた女の匂いに違いなかった。そして信雄は自分でも気づかぬまま、その匂いに潜んでいる疼《うず》くような何かに、どっぷりとむせかえっていた。信雄は落ち着かなかった。と同時に、いつまでもこの母親の傍に座っていたかった。

突然、開き戸が大きな音をたててあいた。中年の日灼《ひや》けた男が、顔を覗《のぞ》かせてニヤニヤ笑った。

「……ええか？」

母親は立ちあがり手の甲で首筋の汗をぬぐった。そして黙って鏡台の前に座った。入って来た男が信雄を眺めながら、

「おっ、先客かいな」

と言った。片頰《かたほお》をひきつらせて、また笑った。それから信雄の頭を撫《な》でようと腕を伸ばしてきた。信雄はさっと男のかたわらをすり抜け、表に出た。靴をはくのももど

かしかった。両の手でズック靴をつかんでぬかるみを走り、細道を駆《か》け登った。姉弟が帰ってくるのを、湊橋《みなとばし》の欄干に腰かけてじっと待った。背後で震えている舟の家の朽ちた木肌《きはだ》を、ときおり振り返って見やりながら、いつまでも待ちつづけた。

　市電の停留所の所で、水の入った重いバケツを置いて一服している喜一の姿を見つけると、信雄は一目散に駆《か》けていった。

「銀子ちゃんは？」

「お米、買いに行った」

「僕の家で遊ぼう」

「かき氷、食べさせてくれるかァ？」

「……うん、お父ちゃんに頼んでみる」

　二人はバケツを一緒にさげて舟の中に入った。喜一がちらっとベニア板の向こうを窺《うかが》った。母親以外の人間がいる気配を感じたのか、慌《あわ》てて水甕《みずがめ》の蓋《ふた》をあけ、わざと乱暴な音をたてて水を移した。自分に感づかれまいとしている様子が、信雄は子供心にも判《わか》った。

　昭和橋を渡っていると、喜一が、泥まみれになってあがいている鳩《はと》の雛《ひな》を見つけた。アーチの中によく野鳩が巣を作っている。きっと巣からこぼれ落ち、橋の上に叩《たた》きつけられたのであろう。雛はもう殆《ほとん》ど死にかけていた。だが、親のもとに帰してやりさえすれば元気になると二人は思った。見あげると、ちょうどアーチの頂上の所に親鳩がいた。

「早よせな、死んでしまうで」

喜一はそう言ったが、頂上は高く、アーチを登っていく勇気は二人にはなかった。

その時、川下の方から豊田の兄弟が自転車に乗ってやって来るのが見えた。信雄は雛《ひな》を体で覆《おお》ったが、兄弟はめざとく見つけだした。そして雛を寄こせと詰め寄ってきた。以前飼っていた鳩が逃げて、ここに巣を作った。その鳩が生んだのだから、雛は自分たちのものだと言うのである。

喜一は雛を胸に抱いて逃げようとしたが、すぐにつかまってしまった。喜一の頭をこづきながら兄弟は言った。

「おまえのお母はん、パンパンやろ。おまえらみたいなんが近所にいてたら、気色《きしょく》悪うてしゃあないわ」

喜一の目が異様にすぼんだ。

「なんや、おんなじ顔しやがって！　おまえらの方が、よっぽど気色悪いわい」

兄弟の顔が赤黒く膨《ふく》れていった。兄弟は拳《こぶし》で喜一をなぐった。倒れても、喜一は鳩の雛をしっかりと抱きしめていた。どちらかが喜一を引きずり起こし、

「おまえら、ここから出て行け。……汚ならしい」

とののしって、こんどは腹を蹴《け》った。力では到底かなわない相手であった。

二、三歩あとずさりした喜一は、鼻血のしたたる顔を歪《ゆが》めながら、兄弟の前に腕をにゅっと突き出した。そして掌の雛《ひな》を握りつぶしたのである。雛はかすかな絶叫をあげて死んだ。

「……こいつ」

茫然《ぼうぜん》と突っ立っている兄弟の坊主頭めがけて、喜一は雛を投げつけた。まともに雛の死骸《しがい》を頭に受けた兄の方が、わっと悲鳴をあげて川下に逃げていき、一呼吸遅れて、弟も逆の方向へ逃げていった。

信雄は雛の死骸を拾いあげ、掌に包み込んだ。川に捨てるつもりで欄干に凭《もた》れた。その時、河畔の家々の陰になって、いまは母親の部屋しか見えない舟の家が、重苦しい泡粒《あわつぶ》に包まれて川の隅に押しこめられているさまが迫ってきた。黙って鏡台の前に座った瞬間の母親の痩身《そうしん》が、あの不思議な匂《にお》いと一緒に、信雄の脳裏に涌《わ》きあがった。

信雄は泣いた。血まみれになった喜一の顔にじっと視線を注いで、いつまでも泣いた。

「泣かんとき。なあ、のぶちゃん、泣かんときィ。こんど僕がかたき取ったるさかい、もう泣かんときィ」

なぐられたり蹴《け》られたりしたのは喜一の方であった。だから信雄は自分がなぜ泣いているのか判《わか》らなかった。喜一がいじめられ馬鹿《ばか》にされたことが悲しいのでもなく、また、喜一が雛を殺したことが悲しいのでもなかった。正体不明の、それでいて身の置きどころがないような深い悲しみが、信雄の中を走り抜けていったのである。信雄は雛の死骸をポケットにしまうと、喜一の刺すような視線を背に感じながら、ひとり家に帰っていった。

夜、信雄が寝巻きに着替えて窓辺に凭《もた》れ、漫画の本を読み始めた時、階下から貞子の悲鳴が聞こえた。

「どないしたんや！」

「どないも、こないも……」

貞子は階段を駈《か》け昇ってきて、ズボンと雛《ひな》の死骸《しがい》を信雄の鼻先に突きつけた。

「この子は！　こんな気色《きしよく》悪いもんをポケットに入れて。……お母ちゃん、心臓が止まりそうになったでェ」

晋平も顔をしかめながら、異臭を放ち始めている黄色い肉塊を覗《のぞ》き込んだ。

「何やこれ！」

「鳩の雛や」

信雄は小声でそう答えた。

「鳩の雛……？」

貞子は気味悪そうに雛の死骸を指先でつまみ、窓から川へ放り投げた。

「こんどからこんなことしたら、もう承知せえへんでェ。お父ちゃんからも、きつう叱っといておくれやす」

乞食《こじき》みたいに、ほんまに何でもかんでもポケットに入れて帰ってくるんやから……

貞子はそう呟《つぶや》きながら、また店に降りていった。

「おまえ、雛《ひな》なんかポケットに入れといたら死んでしまうんやで。八つにもなったら、もうそれぐらいのことは判るやろ？」

「生きてる雛をポケットに入れたんと違う。死んでしもたからポケットに入れたんや」

晋平は息子の顔をしげしげと見た。

「……ふうん、ポケットになあ」

きっちゃんはどうしているだろうと信雄は思った。あどけなく瞠《みひら》かれたり、あるいは細くすぼんだりする喜一の瞳《ひとみ》が、その変貌《へんぼう》のさなか、一瞬冷たい焔《ほのお》を点じることを信雄は知っていた。信雄は何かに操られるように顔をねじって、舟の家を探った。

喜一の瞳を、物言わぬ銀子の白い横顔を、そして信雄の心の芯《しん》を熱っぽく包み込んできた母親のあの匂《にお》いを、黄色いランプの下にとじ込めたまま、舟の家は、真っ暗な川の淵《ふち》にひたひたと打ちつけられているのだった。

天神祭りがやって来た。

信雄は舟の家に寝そべって、土佐堀川を下ってくる祭りの船を見物していた。殆《ほと》んどまいにちのように、彼は舟の家を訪ねていったが、それは喜一や銀子と遊ぶためではなく、青白い痩身《そうしん》を汗で湿らせた母親の傍に行きたいからであった。信雄は、目に見えぬ力で自分を誘《いざ》なう不思議な匂《にお》いの正体は勿論《もちろん》、そんな自分の心の動きすら気づいていなかった。だが姉弟の母親は、あれっきり信雄を呼んではくれなかった。浴衣《ゆかた》をはだけた男たちや花街《はなまち》の女が、何艘《なんそう》もの木船で川を下り、また上っていく。町内で繰り出すだんじりは、船の流れにそって川ぞいの道を動いていく。

「よーいやさ」

船からも河畔《かはん》の家々からも、だんじりの掛け声に合わせて声があがった。女たちの嬌声《きょうせい》に混じって、酔った男の卑猥《ひわい》な叫び声も川面《かわも》に響いていた。真夏の空の下を、船は次から次へと絶えることなく流れていった。

舟の家の薄暗い座敷に腹這《はらば》いになって、眩《まば》ゆい外の光景を眺めると、だんじりも船の群れも、遠い夢の中の煌《きら》めきのように思われる。

「僕、のぶちゃんとこみたいな、普通の家に住みたいわ」

舟べりから顔を突き出しているため、喜一は首から上だけ白く輝いて、ひどく面変《おもがわ》りして見えた。

一家は引っ越してまだ一か月もたっていなかったが、役所からすでに立退き勧告を受けていたのである。同じ場所に二か月も居られないまま、喜一たち親子が川べりを何年も流浪《るろう》してきたことを信雄は知る由もなかった。

喜一はさっきからしきりにビー玉を掌で弄《もてあそ》んでいる。晋平の手品をなんとか真似《まね》ようとしているのである。ビー玉は喜一の手からこぼれ落ちて川に沈んだ。

「のぶちゃん、お父さんが帰っておいで言うてはるでェ」

銀子が舟の入口から信雄を呼んだ。

貞子は銀子をことのほか可愛いがった。無口な銀子も、貞子には何でも喋《しゃべ》るようになっていて、その日も銀子だけが信雄の家で遊んでいたのである。別に頼まれたわけでもないのに、銀子は店の掃除《そうじ》や片づけや、洗濯《せんたく》までも小まめに手伝った。銀子は夜が更けても、舟に帰ろうとはしないことが多かった。そのたびに貞子は銀子を湊橋《みなとばし》の近くまで送って行った。

「おばちゃん、えらい咳《せき》しはって、お医者さんが来はったわ」

貞子は喘息《ぜんそく》の発作《ほっさ》を起こしたのである。いつも季節の変りめになると寝込む日があったが、こんな夏の盛りに発作が出たのは初めてであった。

「どないしはってん？」

隣りの部屋から母親が声をかけた。信雄ははっとして耳をそばだてた。

「おばちゃん咳が出て、息がでけへんようになりはってん」

「そらえらいことやなあ。のぶちゃん、早よ帰ってあげ」

「……うん」

「前から悪かったんか？」

「お母ちゃん、喘息《ぜんそく》やねん」

「……ああ、あれも、業《ごう》な病気やさかいなあ」

信雄は舟を出て行こうとして立ち停《ど》まり、大きな声で、

「おばちゃん」

と呼んだ。別に何を話したかったのでもなかった。

「なんや？」

信雄は次の言葉を考えていなかった。馬車の男を、同じように呼び停めたことをふと思い出す。

「さいなら」

母親も小声で応《こた》えた。

「……さいなら」

喜一が信雄を橋のたもとまで送り、

「天神さんに行こな！　天神さんに行こな！」

と叫んだ。

境内《けいだい》にはたくさんの露店が出ている。その夜は晋平《しんぺい》が、信雄たちを天満の天神さんに連れていってやることになっていた。

家に帰ると、貞子は蒲団《ふとん》に横たわりまだ小さく咳込《せきこ》んでいたが、発作《ほっさ》は一応おさまったようであった。

「こんどのは、えらいきつかったなあ」

かかりつけの医者が、初めて転地療養のことを口にした。

「ここらも、だんだん空気が悪なるよってに、あんたの体にはますます合わんようになっていくでェ」

「お父ちゃんひとりでは店のことでけしまへんもん……。それに、子供もまだ小さおますよってになあ」

「空気の良《よ》し悪《あ》しが、この病気を左右するさかい、しばらく療養してみたらどうかっちゅうのがわしの意見や。ご主人とゆっくり相談してみるんやなあ」

祭りの日は、店もかきいれ時である。はっぴ姿の若い衆が、入りきれず店先に立ってラムネを飲んでいる。

「まあ、氷でも食べていっておくれやす」

帰ろうとする医者を晋平が呼び停《と》めた。医者は晋平にも言った。

「年々発作の回数がふえていってるしなあ、そのたんびにきつうなってる。発作を止める薬はええのがでけてるんやけど、あれは体を弱らせるよってに。きれいな空気のとこに住まわすのが一番の治療や」

晋平は忙しく立居振る舞いながら、ちらっと医者を見た。

「……よう考えてみまっさ」

その日は昼過ぎに店を閉めた。

晋平と貞子は長いあいだ話し合っていた。二階の窓からは、川を下る祭りの船が、安治川《あじかわ》の中程で一回転して再び川を上ってくる様子が眺められた。

「せっかくここまでになったのに、引っ越すなんてことでけますかいな」

「そやけど、ええ機会かも判《わか》らんなあと思うんや」

確かに晋平にとっては、新潟行きの腹を決めるいい機会であった。

「向こうは土地も安いしなあ。資金は二人で出し合《お》うたら何とかなる。川口町に揚華楼いう中華料理屋があるやろ。あそこの主人が、家売るようなことがあったら声かけてくれ、すぐにでも買わしてもらうと言うてはんねや」

「何遍も言いましたやろ。私は反対だす。やったこともない商売で苦労するよりも、そない贅沢《ぜいたく》でけんでも、今のままで充分ですがな。先方さんかて、こっちの金をあてにしての誘いやおまへんか」

信雄はその時初めて、父が自動車の修理や鈑金《ばんきん》をする会社を作ろうとしていることを知った。

「新潟やったら空気もきれいやろうと思てのことや。贅沢《ぜいたく》したいからやないでェ。おまえひとりが転地療養に行くてなこと、実際にはでけへん相談や。それやったらいっそのこと……」

「嘘《うそ》や。お父ちゃんの方便や。お父ちゃん新潟へ行きたいもんやから、私の病気を種にして、そんな口実を作ってはるんや」

貞子は最後は声を詰まらせた。晋平に背を向けて泣き始めた。泣き声は川風に乗って聞こえてきた祭り囃《ばや》しに紛《まぎ》れ込んでいく。

「阿呆《あほ》、病人に泣かれるのはいややでェ」

店の戸を叩く音がしたので信雄は降りていった。銀子であった。

「お母ちゃんがお手伝いしておいでて……」

晋平が二階から呼んだ。

「おおきに、手伝いに来てくれたんかいな。店閉めてしもたんやけど、まああがっといで」

信雄は日差しの中に出た。土佐堀川だけでなく、すぐ横の堂島川にも、祭りを楽しむ船がつづいている。どの船も、甲板《かんぱん》に酒宴のあとが散乱していた。ときおり風がなぎ渡り、川面《かわも》に光の襞《ひだ》を走らせた。

ひときわ派手《はで》な飾りつけをした船が舟津橋をくぐろうとしていたので、信雄はその上に走っていき手を振った。船客のひとりが小さな西瓜《すいか》を投げてくれた。西瓜はうまく欄干の上で弧を描き、一旦《いったん》信雄の手に落ちて転がった。舟津橋の坂をころころ転がる西瓜を追っていると、

「坊《ぼん》、ちゃんと受けたかァ?」

という声がした。信雄は橋の反対側に走り、西瓜を両手にかざして叫んだ。

「おおきに、おおきに」

「割れてないかァ?」

「ちょっとだけ割れたァ」

「ちょっとだけ割れてんのが、おいしいんやでェ。この姉ちゃんみたいになァ」

男がかたわらに座っている日本髪の女を抱き寄せる。女のなまめいた笑い声はいつまでも止まらなかった。白塗りの顔の中で、唇《くちびる》だけが燃えていた。

どっと喚声《かんせい》があがった。老人会ののぼりを立てた船が、右に左に蛇行《だこう》して行くのである。

「船頭、もうへべれけや!」

道行く人の目が一斉にその船に注がれた。

「沈め、沈め」

老人の中にそう叫んでいる者がいた。

「沈め、沈め、沈んでまえ」

西瓜《すいか》を小脇《こわき》にかかえて、信雄は家に駈《か》け込んだ。ねばりつくような老人の声は、静まりかえった店の中にまで追い迫ってきた。

調理場の奥でしゃがみ込んでいた銀子が、驚いたように顔をあげた。

「何してんのん?」

銀子は恥しそうに笑った。そして信雄を招き寄せた。米櫃《こめびつ》の蓋《ふた》があけられていた。

「お米、温《ぬく》いんやで」

そう囁《ささや》いて、銀子は両手を米の中に埋めた。

「冬の寒い時でもなあ、お米だけは温いねん。のぶちゃんも手ェ入れてみィ」

信雄は言われるままに、手を米櫃に差し入れると肘《ひじ》の辺まで埋めた。少しも温いとは思わなかった。汗ばんでいた手は逆に米粒に冷やされていった。

「冷たいわ……」

信雄は手を引き抜いた。両手は真っ白になっていた。

「うちは温いわ」

銀子は両手を埋めたままじっとしていた。

「お米がいっぱい詰まっている米櫃に、手ェ入れて温もってる時が、いちばんしあわせや。……うちのお母ちゃん、そない言うてたわ」

「……ふうん」

母親とはまったく違う二重《ふたえ》の丸い目を見つめて、信雄は、近所に住むどの女の子よりも銀子は美しいと思った。信雄は銀子に体を寄せた。あの母親とよく似た匂《にお》いが、銀子の体からも漂ってきそうな気がしたのだった。

「……僕、また足汚れてしもた」

遠くでだんじりのお囃子《はやし》が響いている。


連れて行ってやるつもりだったが、貞子があんな調子なのでと晋平は言った。信雄と喜一は仕方なく自分たちだけで、近くにある浄正橋の天神さんに行くことにした。

「あんまり遅うまで遊んでたらあかんでェ」

晋平は信雄と喜一の手に、数枚の硬貨を握らせた。

「銀子ちゃんは行けへんのん?」

信雄が二階に声をかけると、

「うん、うち行けへん」

しばらくして銀子の言葉が返ってきた。

二人は夕暮の道を駈《か》けだした。

近くといっても、信雄の家から浄正橋までは歩いて三十分近くもかかる距離であった。堂島川のほとりを上っていき、堂島大橋を渡って北へ歩いて行くうちに、お囃子《はやし》の音が大きく聞こえてきた。

大通りを曲がり、仕舞屋《しもたや》が軒を連ねる筋に入ると、陽の沈むのを待ちあぐねた子供たちが、道にうずくまってもう花火に火をつけている。酒臭いはっぴ姿の男が、同じ柄のはっぴを着た幼な子を肩に乗せて、ぶらりぶらりと神社に向かっている。そのあとを喜一と並んで歩きながら、にわかに大きくうねりだした祭り囃子に耳を傾けていると、信雄はなにやら急に心細くなってきた。

「僕、お金持って遊びに行くのん、初めてや」

ときどき立ち停《ど》まると、喜一はそのたびに掌を開いて、晋平からもらった硬貨の数を確かめた。信雄は自分の金をそっくり喜一の掌に移した。

「僕のんと合わしたら、何でも買えるで」

「そやなあ、あれ買《こ》えるかも知れへんなあ」

信雄も喜一も、火薬を詰めて飛ばすロケットのおもちゃが欲しかったのである。恵《え》比須《びす》神社の縁日でも売っていたから、きっと今夜も売っている筈《はず》であった。

天満宮のような巨大な祭りではなかったが、それでも商店街のはずれから境内への道まで露店がひしめきあっている。人通りも多くなり、スルメを焼く匂《にお》いと、露店の茣蓙《ござ》の上で白い光を発しているカーバイドの悪臭が、暗くなり始めた道にたちこめて、信雄も喜一もだんだん祭り気分にうかれていった。

喜一は硬貨をポケットにしまい、信雄の手を握った。

「はぐれたらあかんで」

人混みを縫いながら、二人は露店を一軒一軒見て歩いた。

水飴屋《みずあめや》の前に立ったとき、

「一杯だけ買《こ》うて、半分ずつ飲めへんか?」

と喜一が誘った。ロケットを買ってからにしようという信雄の言葉でしぶしぶその場を離れたが、こんどは焼きイカ屋の前でも同じことをせびった。飲み物や食べ物を売る店の前に来ると、喜一は必ず信雄の肘《ひじ》を引っぱって誘うのだった。

「きっちゃん、ロケット欲しいことないんか?」

喜一の手を振りほどくと、信雄は怒ったように言った。

「ロケットも欲しいけど、僕、いろんなもん食べてみたいわ」

口をとがらせて、喜一は脛《すね》の虫さされのあとを強く掻《か》きむしった。

いつのまにか空はすっかり暗くなり、商店街に吊《つ》るされたちょうちんにも裸電球にも灯が入って、急激に増してきた人の群れがその下で押し合いへし合いしている。すねたふりをして一歩も動こうとしない喜一を尻目《しりめ》に、信雄は一人境内《けいだい》に向かって歩きだした。歩き始めると、人波に押されて立ち停《どま》ることもできなくなってしまった。喜一の顔が遠ざかり見えなくなった。

信雄は慌《あわ》てて引き返そうとした。色とりどりの浴衣《ゆかた》や団扇《うちわ》や、汗や化粧《けしよう》の匂《にお》いが、大きな流れとなって信雄を押し返す。やっとの思いで元の場所に戻って来たが、喜一の姿はなかった。信雄はぴょんぴょん跳《と》びあがってまわりを見渡した。いつのまにすれちがったのか、人波にもまれている喜一の顔が、神社の入口の所で見え隠れしていた。

「きっちゃん、きっちゃん」

信雄の声は、子供たちの喚声《かんせい》や祭り囃子《ばやし》に消されてしまった。喜一は小走りで先へ先へと進んでいく。相当狼狽《ろうばい》して信雄を捜しているふうであった。信雄は大人たちの膝元《ひざもと》をかきわけ、必死で走った。何人かの足を踏み、ときどき怒声を浴びて突き飛ばされたりした。境内の手前にある風鈴屋《ふうりんや》の前でやっと喜一に追いついた。赤や青の短《たん》冊《ざく》が一斉に震え始め、それと一緒に、何やら胸の底に突き立ってくるような冷たい風鈴の音に包み込まれた。信雄は喜一の肩を摑《つか》んだ。喜一は泣いていた。泣きながら何かわめいていた。

「えっ、なに？　どないしたん？」

よく聞きとれなかったので、信雄は喜一の口元に耳を寄せた。

「お金あらへん。お金、落とした」

風鈴屋の屋台からこぼれ散る夥《おびただ》しい短冊の影が、喜一の歪《ゆが》んだ顔に映っていた。

信雄と喜一はもう一度商店街の端まで行き、地面を睨《にら》みながらじぐざぐに歩いた。

再び風鈴屋の前に戻《もど》って来たが、落とした硬貨は一枚も見つからなかった。喜一のズボンのポケットは、両方とも穴があいていた。

信雄が何を話しかけても、喜一は黙りこくったままだった。人波に乗って二人は境《けい》内《だい》に流されていった。

一台のだんじりが置かれ、その中で数人の男がお囃子《はやし》を奏《かな》でていた。同じ旋律《せんりつ》の執《しつ》拗《よう》な繰り返しに酩酊《めいてい》した男たちは、裸の体から粘りつくような汗を絞り出している。

数珠《じゅず》繋《つな》ぎに吊《つ》るされた裸電球が、だんじりのまわりでびりびり震えていた。

信雄は石段に腰をおろし、ちょうど目の前に佇《たたず》んで誰かを待っているらしい浴衣《ゆかた》姿の少女を見つめた。その少女の持つ廻《まわ》り灯籠《どうろう》の中で、黒い屋形舟が廻《まわ》っている。

鈍い破裂音が聞こえ、それと一緒に硝煙《しょうえん》の匂《にお》いがたちこめた。信雄と喜一の前にプラスチック製の小さなロケットが落ちてきた。境内の奥に、とりわけ子供たちの集まっている露店があり、おもちゃのロケットが茣蓙《ござ》に並べられていた。喜一が足元のロケットをすばやく拾いあげ、信雄の手を引いてその露店の所まで走った。はちまき姿の男は茣蓙に座ったまま喜一の手からロケットを受け取り、

「サンキュー、サンキュー、ご苦労さん」

と潰《つぶ》れた声で言った。

信雄と喜一は顔を見合わせて笑った。

「それ、なんぼ？」

「たった八十両、どや安いやろ」

二人はまた顔を見合わせた。二つも買うたうえに、焼きイカが食べられたではないか。

「さあ、もういっぺんやって見せたるさかい、買《こ》うていけ！」

危ないぞォ、月まで飛んで行くロケットじゃあと叫びながら、男は短い導火線に火をつけた。信雄も喜一も慌《あわ》てて二、三歩とびのくと、固唾《かたず》を呑《の》んで導火線を見つめた。大きな破裂音とともに、ロケットは斜めに飛びあがり、銀杏《いちょう》の木に当たって賽銭箱《さいせんばこ》の中に落ちた。慌てて追いかけて行く男の姿が、見物人の笑いをかった。信雄も笑った。笑いながら喜一の顔を見た。なぜかあらぬ方に視線を注いでいる喜一の目が、細くすぼんでいた。

「ちえっ、あんなとこに落ちてしもたら、もう取られへんがな」

走り戻《もど》って来て、男は茣蓙の上にあぐらをかき、八ッ当たりぎみに怒鳴った。

「こら甲斐性《かいしょ》なし！　こんなおもちゃの一つや二つ、よう買わんのかい。ひやかしだけの奴《やつ》はどこぞに行きさらせ」

「のぶちゃん、帰ろ」

喜一が信雄の肩をつつき、足早にだんじりの横をすり抜けて行った。

「早よ行こ、早よ行こ」

喜一は笑って叫んだ。人の波はさらに増して、神社の入口で渦《うず》を巻いている。人混みを避けて露路の奥に駈《か》け入ると、喜一は服をたくしあげた。おもちゃのロケットがズボンと体の間に挟《はさ》み込まれていた。

「それ、どないしたん？」

「おっさんがロケット拾いに行きよった時、盗《と》ったんや。これ、のぶちゃんにやるわ」

信雄は驚いて喜一の傍から離れた。

「盗ったん？」

得意そうに頷《うなず》いている喜一に向かって、信雄は思わず呼んだ。

「そんなんいらん。そんなことするのん、泥棒や」

信雄の顔を、喜一は不思議そうに覗《のぞ》き込んだ。

「いらんのん？」

「いらん」

口汚なく怒鳴《どな》っていた香具師《やし》から、まんまとロケットを盗んできたことは、信雄にも少し痛快なことであった。だが彼は心とはまったく裏腹な言葉で喜一をなじっていた。喜一の手からロケットを奪い、足元に投げつけた。そして小走りで人混みの中にわけいっていた。喜一はロケットを拾い、追いすがって来て、また言った。

「ほんまにいらんのん？」

自分でもはっとする程激しい言葉が、信雄の口をついてでた。

「泥棒、泥棒、泥棒」

人波をかきわけかきわけ、信雄はむきになって歩いた。喜一の悲痛な声がうしろで聞こえた。

「ごめんな、ごめんな。もう盗んだりせえへん。のぶちゃん、僕もうこれから絶対物盗《と》ったりせえへん。そやから、そんなこと言わんとってな。もうそんなこと言わんとってな」

振り払っても振り払っても、喜一は泣きながら信雄にまとわりついて離れなかった。二人は縺《もつ》れ合いながら、少しずつ祭りの賑《にぎ》わいから離れていった。

夜はかなり更《ふ》けていた。

人通りもまばらになった堂島川のほとりでは、柳の枝だけが川風にそよいでいる。

二人はとぼとぼ河畔を帰って行った。風の加減で、祭り囃子《ばやし》の音がにわかに大きく聞こえたりすると、二人は申し合わせたように立ち停《ど》まって、無言で互いの顔を窺《うかが》い合った。

やっと湊橋《みなとばし》に辿《たど》り着いた時、東の夜空に花火があがった。初めに幾つかの大輪が咲いて、もうそれっきりかと思った頃、こんどは赤や青のしだれ柳が、ひゅうひゅうと音をたてて散っていった。

信雄も喜一も湊橋の欄干に馬乗りになって、いつまでも花火を見つめた。川風がこちよかった。満潮はその盛りを終え、膨《ふく》らんだ川面《かわも》が目に見えぬ速度でしぼんでいた。信雄は花火と舟の家を交互に見やった。

「蟹《かに》の巣があるねん。僕の宝や。のぶちゃんだけに見せたるわ」

喜一が声を忍ばせて囁《ささや》きかけてきた。

「蟹の巣?」

「うん、僕が作ったんや」

夜はあの家に行ってはいけない——晋平の言葉が浮かんだが、それも蟹の巣を見たいという誘惑に打ち消されていった。

信雄と喜一は細道を降り、渡しが軋《きし》まぬよう気を配りながら、そっと舟の家に入っていった。

仄白《ほのじろ》い光が対岸から拡《ひろ》がっていたが、それは殆《ほとん》ど川面で弾《はじ》け散って、舟の中ではときおり小さな光のかけらが瞬《また》たくだけであった。

目が慣れてくると、部屋の隅《すみ》で寝ている銀子に気づいた。闇《やみ》の奥で、なぜか髪の毛だけがぽっと光っていた。

信雄と喜一も喉《のど》が乾いていた。水甕《みずがめ》の蓋《ふた》をあけ、ひしゃくで水を飲んだ。水を飲む音が舟の中に響いた。かすかに花火の音もしていた。

それから喜一は岸側の小窓をあけ、舟べりに身を乗り出すと、浅瀬に突き立っている一本の竿《さお》を引き抜いた。よく見ると、それは古びて先が丸くちびてしまった竹箒《たけぼうき》であった。

「見ときや」

喜一が竹箒を揺すった。すると水滴と一緒に数匹の川蟹《かわがに》がこぼれ落ちてきた。

「この中に、まだいっぱいおるんや」

水に濡《ぬ》れた固いものが、信雄の手の甲をまたいで舟の中に入ってきた。

「これ、みんな蟹か？」

「そや、これ全部のぶちゃんにやるわ」

蟹は信雄の足の甲を伝って、畳の上に散っていった。蟹の姿は見えなかった。ただ畳を這《は》っていく音だけが聞こえた。

信雄は舟べりからまた花火を見つめた。胸や背にじっとりと汗が噴き出てきた。対岸の灯を吸って青白く光っている喜一の瞳《ひとみ》が、信雄の横顔を射るように見ていた。

舟べりに置かれた竹箒《たけぼうき》の中から、無数の蟹《かに》が這《は》い出てきて、いつのまにか座敷の中を這い回り始めた。舟の中の、ありとあらゆる所から、蟹の這う音が聞こえてきた。それはベニア板の向こうからも聞こえていた。花火が夜空にあがっていく音にも似ていたし、誰かが啜《すす》り泣いているような音にも思えた。

信雄は舟の中に身を屈《かが》めて、その不思議な音に耳を澄ましていた。ポンポン船が川を上ってくる音で信雄は我に返った。

「……僕、帰るわ」

信雄がそう言うと、

「帰らんとき、おもしろいこと教えたるさかい」

喜一は信雄の肩を押さえて立ちあがった。

「……おもしろいことて、なに？」

大きな茶碗《ちゃわん》にランプ用の油を注ぐと、喜一はその中に蟹を浸した。

「こいつら、腹一杯油を呑《の》みよるで」

「どないするのん？」

「苦しがって、油の泡を吹きよるんや」

喜一は声を忍ばせてそう言うと、舟べりに蟹を並べ、火をつけた。幾つかの青い火の塊りが舟べりに散った。

動かずに燃え尽きていく蟹《かに》もあれば、火柱をあげて這《は》い廻《まわ》る蟹もいた。悪臭を孕《はら》んだ青い小さな焔《ほのお》が、何やら奇怪な音をたてて蟹の体から放たれていた。燃え尽きる時、細かい火花が蟹の中から弾《はじ》け飛んだ。それは地面に落ちた線香花火の雫《しずく》に似ていた。

「きれいやろ」

「……うん」

信雄の膝《ひざ》が震えた。恐しさが体の中からせりあがっていた。

信雄は子供心にも、喜一の異常に気づいた。目の中に燃えている蟹があった。喜一は竹箒《たけぼうき》を揺すり、さらに数匹の蟹を取り出して油に浸した。そして憑《つ》かれたように、次から次へと火をつけつづけた。

「きっちゃん、もうやめとこ！　なあ、もうやめとこ」

焔は点々と散っていった。殆《ほとん》どは川に落ちたが、そのうちの何匹かは、座敷に降りてきた。

「危ないでェ。なあ、きっちゃん、火事になるでェ」

蟹は、燃えながら狭い座敷のあちこちを這い廻って、その跡に小さな火玉を落とした。両手をだらりとさげて、喜一はぼんやり座敷の中の焔を見つめていた。信雄が火を消そうとして畳に四つん這いになった時、眠っていた筈《はず》の銀子がゆっくり起きあがった。そして燃えている蟹の足をそう慌《あわ》てるでもなくつまみあげると、ひとつひとつ川に投げ捨てていった。

一筋の焔《ほのお》が舟べりを走った。信雄は手を伸ばして、それを川に払い落とそうとした。だが焔は素早く艫《とも》の方に向かって這《は》って行った。舟べりに四つん這いになり、信雄はそれを追った。追いついたと同時に、蟹は川に落ちた。彼はそのままの格好で、何気なく母親の部屋の窓から中を覗《のぞ》いた。

闇《やみ》の底に母親の顔があった。青い斑状《まだらじょう》の焔に覆《おお》われた人間の背中が、その母親の上で波打っていた。虚《うつ》ろな対岸の明りが、光と影の縞模様《しまもよう》を部屋中に張りめぐらせている。信雄は目を凝《こ》らして、母親の顔を見つめた。糸のように細い目が、まばたきもせず信雄を見つめ返していた。青い斑状の焔は、かすかな呻《うめ》き声を洩《も》らしながら、さらに激しく波打っていた。

信雄の全身がざあっと粟立《あわだ》った。彼はずるずると舟べりをあとずさりしていった。姉弟の部屋に降りた途端、大声で泣きだした。銀子と喜一の姿を捜しながら、河畔に響き渡るような声で泣いた。部屋の隅に立ちつくして、自分をじっと見おろしている姉弟の黒い輪郭に気づくと、信雄は泣きながら手探りで靴を履き、渡しをよろよろと渡って細道を這い登っていった。花火はまだつづいていた。

晋平が新潟行きを決心したのは、天神祭りがすんで十日程たった頃《ころ》だった。相場の二割も高い価格で譲り受けようという買手が、突然あらわれたのであった。

貞子は最後まで反対しつづけたが、ひんぱんに起こる喘息《ぜんそく》の発作《ほっさ》と、晋平の気魄《きはく》にとうとう押しきられた格好になった。八月の中旬までに、家と土地を明け渡すことが、買主の条件であった。

「なにせ相手も商人《あきんど》や。いろいろと思惑《おもわく》があるんやろ。ちょうどええがな。新学期に入るし、信雄の転校にはきりがええやないか」

慌《あわただ》しい引っ越し準備の最中、晋平は陽気に笑いながら、新しい仕事の計画や、新潟の街《まち》の情景や、降り積る雪のありさまを語って聞かせた。そのうち貞子も腹をくくったのか、晋平の言葉に相槌《あいづち》をうつようになった。

「ここらと違うて、空気がきれいや。私の喘息にはなによりですわなあ」

「そうやで。こんな埃《ほこり》っぽい所はなあ、人間の住むとこやあらへん。新潟へ行ったら、お父ちゃんなァ、ほんまに一所懸命働くでェ」

天神祭りの夜以来、信雄は喜一と逢《あ》っていなかった。姉弟もそれっきり遊びにこなかったし、信雄も訪ねて行かなかった。彼は一人で恵比須《えびす》神社の境内《けいだい》で遊んだり、二階の座敷から河畔をぼんやり眺めたりして日を過ごした。そして、喜一が自分の家めざして橋を渡ってくることを心待ちにしていた。

新潟行きを知らされた日、信雄は舟の家の傍まで近づいていった。母親の細い目と、その上に群らがっていた青い焔《ほのお》が、信雄の中にたちまち甦《よみがえ》ってきて、彼は細道を降りることができなかった。信雄は幾つかの小石を、舟の屋根に投げつけた。そうすれば、あの夜覗《のぞ》かせたら、知らぬふりをして欄干に凭《もた》れているつもりだった。喜一が顔を大声で泣いてしまった自分を、喜一は許してくれるかも知れなかった。だが、舟の中からは何の応答もなかった。信雄はまたとぼとぼと橋を渡って家に帰った。人との別れや、生まれ育った地を離れていくことへの感慨は、八歳の信雄にはまだ茫漠《ぼうばく》としたものであった。

いよいよ明日《あす》店を閉めるという日であった。

晋平も貞子も馴《な》染《じ》み客が入ってくると、その前に神妙に並んで、丁寧な別れの挨拶《あいさつ》を述べた。ポンポン船の男たちは、そんな挨拶に応《こた》え返すことがとりわけ不得手《ふえて》であった。それで、

「あかん、あかん。新潟へなんか行かせへんでェ」

「わしらあしたから、どこで昼飯食うんや」

「おばはんの作るまずいけつねうどん、もう食べんですむかと思ったら、ほっとす

るわ」

などとひやかしながら、口数少なくうどんをすすり終え、照れ臭そうに去っていった。

なかには、妙にしょんぼりしている信雄の傍に来て、

「こら坊主！　元気で大きなれよ」

と頭を撫《な》でて行く者もあった。

昼の忙しい時間が過ぎると、店には客が一人もいなくなった。

「終戦直後の川べりに、バラック建てて店開いた時のこと思い出すなァ」

晋平は半分に切った煙草《たばこ》に火をつけて言った。

「もうこの川ともお別れやなァ」

テーブルの上を拭《ふ》きながら、ぼんやりと土佐堀川を眺めていた貞子が、ふと手を止めて窓ぎわに歩いていった。そしてじっと対岸を見つめて、

「ちょっと、きっちゃんの舟、どっかへ行ってしまうでェ」

と言った。

「ええ？」

晋平も調理場から出てくると、窓ぎわに立った。信雄は両親の間をわって入り、川を見た。

真夏の太陽が川面《かわも》をぎらつかせていた。その中を一隻のポンポン船が舟の家を曳《ひ》いてゆっくり岸から離れていった。

「どこへいくんやろ?」

貞子が涙声で言った。晋平は黙って煙草をくわえたまま、舟の家に視線を注いでいた。

ある日突然、信雄の前に姿をあらわした舟の家は、いま再びどこへ行くとも告げず、この河畔から消えて行こうとしていた。

「のぶちゃん、行かんでもええんか。お別れの挨拶《あいさつ》しとかんでもええんか?」

貞子は目を真《ま》っ赤《か》にしていた。そして信雄の背中を押した。

「ケンカしたまま別れてしまうんか? もう二度と逢《あ》うこともないんやでェ」

「……僕、ケンカしたんと違う」

「早よ行っといで。早よ行かな間に合えへんでェ」

信雄は表に走り出た。走っていると、急に切ない、物哀《ものがな》しい気持になってきた。ちょうど舟の家は、湊橋《みなとばし》をくぐって川上に上って行こうとしていた。信雄は湊橋の真ん中まで走り、目の下の舟に向かって呼びかけてみた。

「きっちゃん、きっちゃん」

舟の小窓はぴったりと閉ざされていた。

「きっちゃん、きっちゃん」

信雄は川筋の道を舟にそって小走りで上っていきながら、大声で呼んだ。舟の屋根に西瓜《すいか》の皮が捨てられていて、それが陽光を弾《はじ》き返していた。前を行く古びたポンポン船の破れ音が、河畔にけたたましく響いていた。舟の家は艫《とも》の部分を右に左に頼りなげに揺すりながら、土佐堀川の真ん中を咳込《せきこ》むようにして上って行った。

「きっちゃん、きっちゃん」

信雄は舟にそってどこまでも走った。橋のあるところに来ると、先廻《さきまわ》りして待った。そして眼下を通り過ぎていく舟に向かって叫んだ。

「きっちゃん、きっちゃん、きっちゃん」

どんなに大声で呼びかけても、舟の母子《おやこ》は応えてくれなかった。

何本目かの橋にさしかかった時であった。舟のうしろの川波の中で、何やら丸く光っているものをみつけた。それがいったい何なのか、信雄はすぐには判らなかった。その光るものは、信雄の目の下でゆっくりと旋回した。

「……お化けや」

いつぞやの巨大な鯉《こい》が、ちょうど舟の家を追いかけていくようにして、ゆらゆらと川を上っていたのである。

「お化けや。きっちゃん、お化け鯉や！」

信雄は必死に叫んだ。ズック靴が熔《と》けたアスファルトにめり込んで、信雄は何度も転びそうになった。

「お化けや、お化けがうしろにいてるでェ」

自分たちの新潟行きを伝えることも、別れの挨拶を交わすことも、信雄にはもうどうでもよかった。うしろにお化け鯉がいる、ただそれだけをどうしても喜一に教えてやりたかった。

「きっちゃん、きっちゃん、お化けがいてるでェ、ほんまやでェ」

息が切れ、汗が目に入ってきた。信雄は半泣きになって熱い日差しの中を走りつづけた。お化け鯉の出現を、なんとしても喜一にしらせたかった。ただそれだけのために、信雄は舟の家にそって川筋を上っていった。だが舟の家は窓を閉めきって、あたかも無人舟のような静けさを漂わせながら、眩《まぶ》ゆい川の真ん中を進んで行くのだった。

気がつくと、いつしか河畔には、コンクリートやレンガ造りのビルが建ち並んでいた。そこは、もう信雄にとっては、足を踏み入れたことのない他所《よそ》の街であった。

「きっちゃん、お化けや。ほんまにお化けがうしろにいてるやでェ」

信雄は、最後にもう一度声をふりしぼって叫び、そこでとうとう追うのをやめた。熱い欄干の上に手を置いて、曳《ひ》かれていく舟の家と、そのあとにぴったりくっついたまま、泥まみれの河を悠揚《ゆうよう》と泳いでいくお化け鯉を見ていた。

螢川

雪

銀蔵爺《じい》さんの引く荷車が、雪見橋を渡って八人町への道に消えていった。

雪は朝方やみ、確かに純白の光彩が街《まち》全体に敷きつめられた筈《はず》なのに、富山の街は、鈍い燻銀《いぶしぎん》の光にくるまれて暗く煙《かげ》っている。

竜夫は背を屈め、両手に息を吹きかけ吹きかけ、いたち川のほとりを帰ってくると、家の前で立ち停《ど》まって、すでに夕闇《ゆうやみ》に包まれ始めている川面《かわも》を眺《なが》めた。電線にまとわりつく雪がそこかしこでこぼれ落ち、身を屈めている野良犬《のらいぬ》を追いたてた。

昭和三十七年三月の末である。

西の空がかすかに赤かったが、それは街並に落ちるまでには至らなかった。光は、暗澹《あんたん》と横たわる大気を射抜く力も失せ、逆にすべての光沢を覆《おお》うかのように忍び降りては死んでいく。時折、狂ったような閃光《せんこう》が錯綜《さくそう》することはあっても、それはただ甍《いらか》の雪や市電のレールをぎらつかせるだけで終ってしまう。

一年を終えると、あたかも冬こそすべてであったように思われる。土が残雪であり、水が残雪であり、草が残雪であり、さらには光までが残雪の余韻《よいん》だった。春があっても、夏があっても、そこには絶えず冬の胞子《ほうし》がひそんでいて、この裏日本特有の香気を年中重く澱《よど》ませていた。

「煙草《たばこ》買うがに、どこまで行っとるがや。父さん待っとるよ」

台所の窓から母の千代が顔を覗《のぞ》かせて言った。

「……うん」

竜夫はゴム長を玄関前でぬぐと、柿の木の枝に差し込んだ。まだ買ったばかりなのに、もう中が濡《ぬ》れてしまい、雪道を歩くとたちまち指先が痛くなる。

父の重竜《しげたつ》は炬燵《こたつ》に入って壁に凭《もた》れていた。竜夫は、煙草と釣《つ》り銭を父に渡した。

「煙草買うがに、一時間もかかるがか」

「……武夫の家まで買いに行っとったがや。あいつの家、こないだから煙草も売るようになったちゃ」

金馬《きんば》の落語が聞こえていたが、ラジオは調子が悪く雑音が大きかった。竜夫は炬燵に足を入れ、ラジオのアースを舐《な》めた。舌に触れるたびに雑音は消えて、金馬の高い声が澄んだ。夕飯の支度をしている千代の姿が、すりガラス越しに映《うつ》っていた。

「歳《とし》をとったちゃ……」

重竜がぽつんと言った。父の口から初めて弁解じみた言葉が吐かれたような気がして、竜夫は何も言わずアースを舐《な》めていた。

「そんなもん舐めるな」

「……うん」

アースの先を炬燵《こたつ》の上に置くと、竜夫は寝そべった。父の匂《にお》いが落ちてきた。竜夫は父の匂いが嫌《きら》いだった。その匂いの周辺には、きまってサーカス小屋の風景がなびいている。

富山城の公園でサーカスを観《み》た日、竜夫は父に抱かれて帰った。すこしうしろから母がついてきていた。まだ小学校にもあがらない頃《ころ》であった。重竜の首筋に鼻をつけてうとうとしていた。寝るな、風邪《かぜ》ひくぞォ……。父の声でうっすら目をあけたら、遠くに赤や黄のテントと空中ブランコの絵が見えた。その時、もう二度とサーカスなんか見たくないと思ったことを覚えている。竜夫にとって、サーカスと父と、父の体臭は同じものになった。父を嗅ぐと何年も昔のサーカス小屋を思い出す。空飛ぶ人の衣裳《いしょう》についていた汗のしみ、馬の蹄《ひづめ》に塗られた赤いペンキ、小人《こびと》のピエロのたるんだ頬《ほお》、綱渡りの少女の笑わない目。

サーカス見物のあと、親子は西町の食堂で食事をした。何かのやりとりのあと、重竜が千代をなぐった。みんなしんとして親子を見つめていた。千代はうつむいて辛《つら》そうに笑っていた。竜夫は黙って父と母を見やった。また重竜が千代をなぐって立ちあがった。父の匂いは、サーカス小屋の情景と、食堂に居あわせた人々の目を竜夫に思い起こさせるのであった。

「ラジオ消せや」

「……うん」

竜夫は起きあがってラジオのスイッチを切った。

「お前、十五になったがか？」

「なァん、十四じゃ」

「年を取った筈《はず》よのお。……お前はわしが五十二の時の子よォ。もうできんと諦《あきら》めとった時にできたがや。千代からそのことを聞いた時はびっくりしたちゃ。体が震えるほどびっくりしてェ……」

竜夫はすべてを閉めきった温かい部屋《へや》の中にいても、雪が降ってきた気配を感じることができた。静かであればあるほど、しんしんと迫ってくる音を聞くのであった。その不思議な聴覚は、背が急に伸び始めた半年前から、竜夫の中に芽ばえたものであった。

「……雪、降ってきたがや。えらい降っとるちゃ」

竜夫の言葉で、重竜はじっと耳を澄ましていたが、しばらくしてかすかに笑《え》みを浮かべながら言った。

「竜夫、ちんちんの毛、もう生えてきたかァ？　ちょっと父さんに見せてくれェ」

「いやじゃ。まだちょっとしか生えとらん……」

竜夫は体を固くさせて答えた。見せろと言いだしたら、むりやり服を引きはがしても見とどけてしまう父であったが、きょうの重竜はただ微笑《ほほえ》みつづけるばかりだった。

「牛島さんとこの良雄は、もうぼうぼう生えとるに、俺《おれ》はまだそんなに生えとらん」

「早ませにろくな奴《やつ》はおらん。早よう咲いたら早よう散るちゃ。わしも遅かったから、お前もやっぱり遅いがや」

「俺、ことしになってもう五センチも背が伸びたぞ」

「ほう、そんなに伸びたか。声変りの時は雨後の筍《たけのこ》みたいに伸びるもんやちゃ。まあ、なんぼ伸びても、ことし中に二十歳《はたち》になることはないがや」

そう言って重竜は竜夫の頬を撫《な》でた。重竜の肩や胸はぶあつかったが、逆にそのことが竜夫の心を重く沈ませていった。

事業が倒産したのは一年前であったが、それまでの重竜なら、とうに立ち直って新しい事業に没頭していた筈《はず》であった。

戦後の復興時、重竜は進駐軍の払い下げである古タイヤの大量販売によって大金を摑《つか》むと、それに関連した自動車の部品にまで手を伸ばし、北陸では有数の商人にのしあがった。彼は勢いに乗って次々と新しい事業に手を染めていった。陰で「仁王竜」と呼ばれた重竜は、豪気な野心家ではあったが、緻密《ちみつ》な事業家ではなかった。

昭和二十八年頃《ごろ》を境に、取り組む事業のことごとくが行き詰まっていったが、彼はそこでじっくり踏みとどまることなく、次々と新しい事業に鞍替《くらが》えしていったのである。そしてある段階にまでくると、きまって行き詰まり投げだした。そのつど費やす資金は、いつしか大きな借財となってのしかかってきた。ふいに焦りが出始めた時、彼はとうに六十を越えていた。

「わしには、前に春枝っちゅう長年連れ添うた女房がおったがやに、子供ができんかったがや」

と重竜は言った。竜夫が初めて耳にする言葉であった。

「ちゃんとした女房がおるがに、千代との間にお前ができてしもうたがや、わしは子供が欲しいて欲しいてたまらんかった。その時わしが三十なら別の方法を取ったかもしれんちゃ。なん、五十二やからできた気違い沙汰《ざた》よ。……何の罪咎《つみとが》もない女房を古草履《ふるぞうり》みたいに捨てても、わしは降って湧《わ》いたように授かった子供の、ちゃんとした父親になりたいと思うたがや」

春枝と別れて、千代と二人でこの豊川町の家に移って何日かたった朝だったと、重竜はゆっくり話しつづけた。舌が少し縺《もつ》れているようだった。

「枕《まくら》から変な音が聞こえたがや。見るとまだ夜も明けきっとらんに、千代がおらん。わしはそれが表の川っ縁《ぷち》から伝わってくる千代の呻《うめ》き声やとすぐに判《わか》った。裸足《はだし》のまま雪道にとびだして覗《のぞ》き込むと、川岸で千代が苦しそうに吐いとった。悪阻《つわり》がきつうてきつうて、痩《や》せて小そうなった千代の体が、気味悪うに蒼光《あおびか》りしとるがや。しゃがんで川の中に吐いとる千代を、わしは長いこと見とった。黒うなったり、蒼うなったりしながら、川の面《おもて》と千代の体が、確かに光っとったちゃ」

竜夫は皿に残っている塩昆布《しおこんぶ》を口に含んだ。雪の音が耳について離れなかった。

「その時、わしはまた自分の本心が判《わか》らんようになったがや」

重竜は腕を伸ばしてもう一度竜夫の頰《ほお》を撫《な》でた。

「男の子やからもう覚えたやろが、あんまりちんちんには触わるなや」

竜夫は真《ま》っ赤《か》になりながら下を向いた。何もかも父に話してしまおうかと思った。あれを覚えたのは誰もいない校庭でだったこと、木によじ登っているうちに、急に変な気持になったこと、何かにしがみついてこすり合わせるとそうなること、そんなところを誰《だれ》かに見られたら、もう死ぬしかないと心に決めながら、突き昇ってくる熱の魅力に抗《あらが》えないこと、そしてその瞬間、裸の英子が目に浮かぶこと……。

「風呂場《ふろば》でやるちゃ。汚れんでええがや」

重竜はゆらゆら立ちあがり、小便やと呟《つぶや》きながら座敷を出ていった。

「あとで時計のネジ巻いといてねえ」

台所からの千代の声で、竜夫が柱時計の蓋《ふた》を開いた時、重竜が戻《もど》ってきた。そして障子を閉め終ると突然右腕を突きだした。

「竜夫、手を引っぱれ」

重竜の唇《くちびる》は異様にまくれあがっていた。

「こむらがえりか？」

竜夫が腕を摑《つか》んだ瞬間、重竜の口から入れ歯が落ちて転がった。彼は目をむき舌を突きだして畳の上に崩《くず》折《お》れていくと、壁に頭をすりつけて激しく痙攣《けいれん》した。

救急車の中は寒かった。竜夫は担架に横たわった父の傍で歯の根も合わないほど震えていた。病院に着くと重竜は意識を取り戻したが、右腕は動かなくなっていた。医者が、

「倒れた時のことを覚えていますか」

と訊《き》いた。

「……いや、全然知りませんちゃ」

「どの辺まで記憶がありますか」

「家内が夕飯の仕度をしてて、……それから覚えとりませんがや」

竜夫は病室の窓から雪を見ていた。初めて見るような蒼《あお》い雪が、病院の中庭に降りつのっている。

診察を終えて医者が出ていくと、重竜は妻と子に言った。

「……もう、わしをあてにするな」

千代は黙って夫の襟《えり》を直した。何か辛《つら》いことがあると、きまって口元に作りあげる独特の微笑《ほほえ》みが、うつむきかげんの千代の顔にあった。

医者が廊下から二人を呼んで、重竜の症状を伝えた。一過性の脳溢血《のういっけつ》だが、十年来の糖尿病が極《きわ》めて重症であるということだった。そんな患者が一度痙攣発作《ほっさ》を起こすと、脳障害もずるずる進んでいく危険性があると医者は言った。

その夜は病院に泊まって、千代と竜夫は朝一番の市電で家に帰ってきた。

「ことしの冬は長いちゃァ。あしたから四月やいうとるがに」

玄関の鍵《かぎ》を外《はず》しながら千代は言った。早起きの人の影が遠くで動き始めている。竜夫は家の前に佇《たたず》んで、いたち川を見つめた。白く浮いている岸辺《きしべ》の雪から短い枯れ木が突き出て、流れの部分だけが長々と黒ずんでいた。立山《たてやま》に源を発する清流も、広大な田園を縫って枯渇《こかつ》し、街々《まちまち》の隅《すみ》を辿《たど》って濁りきると、いつしかいたち川などと幾分の蔑《さげす》みをもって呼ばれる川に変ってしまっていた。そしてそれは正しい呼称ではなかった。上流ではまた別の名で呼ばれ、竜夫の住む所よりもっと下流ではさらに違う名がつけられた浅く長く貧しい川であった。

家に入ると煮魚の匂《にお》いがした。蓋《ふた》が開かれたままの柱時計の下に重竜の入れ歯が転がっていた。

「これ、あとで着換えと一緒に持っていってねェ。物が嚙《か》めんと、父さんはまた癇《かん》癪《しゃく》起こしてどなりちらすから……」

入れ歯をハンカチで包むと、千代はそのままそこにじっと座っていた。竜夫は自分の部屋に入り、蒲団《ふとん》を敷いてもぐり込んだ。頭まですっぽり蒲団をかぶって目を見開いていた。屋根の雪が少し滑《すべ》り落ちていった。誰《だれ》かの足音が露路から川べりへと移っていきやがて聞こえなくなった。

蒲団の中の暗闇《くらやみ》に、英子の横顔が浮かびあがるようになってもう一年がたつ。幼な馴染《なじみ》で、小学生の頃《ころ》はよく一緒に遊んだものだったが、中学に入った途端、急に口もきかなくなった。竜夫は、いつか学校の階段で盗み見た英子の白い内股《うちまた》を思い浮かべた。そして、机の底に隠してある英子への手紙を早く燃してしまわなければと思った。出す意志のない手紙を、彼はよく英子にあてて書いた。けっして他人には読まれたくないような恥しいことが、言葉足らずの文面に溢《あふ》れている。いや、手紙だけではなかった。机の中には、もっとほかにも見られたくないものがいっぱいつまっていた。それは熱を秘めて脂臭《あぶらくさ》く、魅力と自虐《じぎゃく》に富んでいる。

あと一週間ほどで新学期だった。竜夫は中学三年に進級する。いよいよ高校入試へ向けての受験勉強が始まるのであった。級友たちの殆《ほとん》どはまだのんびりしたものであったが、なかには急に人が変ったように猛勉強を始めた者もいた。関根圭太《けいた》もその一人だった。ただ、関根の猛勉強の理由は他の者とは少し違っていた。関根は、英子が目指しているというだけの理由で、自分もまた同じ県立高校への進学を志しているのであった。関根はそんな自分の心を、仲間たちに決して隠そうとはしなかった。

以前、学校からの帰り道、雪の降りしきる道を傘《かさ》もささず歩きながら、竜夫は、

「お前、英子のことほんとうに好きながか？」

と関根に訊いたことがある。関根は少し顔を赤らめながら、

「ああ、ほんとうに好きよォ。嘘《うそ》でないがや」

と答えた。

「みんな、お前のこと知っとるぞ。英子も知っとるぞ。恥しいことないがか？」

「そらちょっと恥しけれど、好きじゃからしょうがないがや」

関根は頭に積った雪を手で払うと、顔を崩して笑った。

「この顔やから、女には惚《ほ》れられんて、父ちゃんに言われたちゃ」

道はいつしか「辻沢《つじさわ》歯科」の前にさしかかっていた。英子の家であった。門柱の上に、雪が伏せた椀《わん》のようになって積っていた。竜夫はちらっと関根の顔を窺《うかが》った。あるいは関根以上かもしれない自分の心を、彼はひた隠しにしていた。

竜夫はひやかすように肘《ひじ》で関根の脇腹《わきばら》を突いた。関根もにやっと笑って突き返した。二人は何度も互いの体を突き合って、縺《もつ》れるように雪の中を歩いたのだった。生物の

授業で聞いた「フェロモン」の話を、関根は図書館に行って詳しく調べてきたのだと言った。

「英子は、ええ匂《にお》いがするがや」

ひたむきな目をして、関根は話しつづけた。雌《めす》が何キロも離れた先の雄《おす》を誘《いざ》なうフェロモンという分泌物《ぶんぴつぶつ》について、関根は驚く程の知識を持っていた。

「昆虫《こんちゅう》や、他にも何種類かの動物の体から、フェロモンがみつかっとるがや。ごきぶりなんか、凄《すご》いぞお。それを利用したごきぶり退治の方法もあるがや。けど、そんな化学的な話は味気がないちゃ」

そして関根は、熱情的やのォと呟《つぶや》いた。

「熱情的やのォ、英子のフェロモンは、熱情的やのォ」

子供の頃、竜夫は近所の女の子と押し入れの中で遊んだ。関根の話につられて、いままで誰《だれ》にも話さなかったことを、竜夫は降りしきる雪の中で語った。

「押し入れの中は真っ暗で、何か恐しいなってきたがや。百合《ゆり》っぺも黙って蒲団《ふとん》の上にうつぶせになっとった」

「……いつ頃のことよ?」

「小学校の二年生の時や」

「げっ、お前、それはませすぎじゃァ」

「俺《おれ》、百合っぺのパンツをぬがして、尻《しり》の穴にさわりとうなったがや」

「……さわったがか？」

「……うん、長いことさわっとった。押し入れの中は真っ暗で黴臭《かびくさ》かったがやけど、襖《ふすま》の間からちょっとだけ光が入ってきとった。俺、自分の指を、そのうち尻の穴に入れてみとうなったがや」

「……入れたがか？」

「入らんかった。百合っぺが痛がるがや。……なして、そんなことしてみとうなったがや？　それも、フェロモンかのお？」

「……かもしれんちゃ」

関根は竜夫が話し終えると、頭の雪を何度も払い落としながら、また呟《つぶや》いた。

「……熱情的やのォ」

竜夫はそう言って空を見あげている関根の顔をいやにはっきりと覚えている。蒲団《ふとん》の中が温まってくると、竜夫はにわかに疲れを感じて目を閉じた。痙攣《けいれん》を起こして崩折れていく瞬間の父の顔が、胸の奥に刻み込まれていた。もうわしをあてにするなという父の言葉が聞こえて、彼は寝返りをうった。柱時計が止まったままなので、家の中は物音ひとつなかった。竜夫はそっと起きあがって隣りの部屋をのぞいた。柱時計の下に座ったまま、千代は重竜の入れ歯を膝《ひざ》に置いてじっとうなだれていた。

四月に入って五日目に再び大雪が降った。ゆるみかけていた古い雪を、ぶあつい新雪が包み込んで、白い街《まち》の底が汚れている。千代は重竜の着替えを持って小走りで停留所まで行くと、待っていてくれた市電にとびのった。魚の匂《にお》いが鼻をついた。早よう走ってくれんと売り物が古うなるちゃと魚の行商人らしい老婆が言った。運転手に言っているのか、自分に言っているのか思いあぐねて、千代は真向かいに座っている老婆を窺《うかが》った。老婆にじろりと睨《にら》み返され、千代は慌《あわ》てて外の景色《けしき》に視線をそらした。越中反魂丹《えっちゅうはんごんたん》の大看板が、小降りになった雪の中で煙っていた。

これからいったいどうやって生活していこうかという思いがあった。借金だらけで、そのうえ収入の道は閉ざされていた。自分が働く以外に道はないのだが、生活費に夫の入院費が重なると、かなりの収入が必要だった。まだ四十五だという気持と、もう四十五かという思いが重なり合って、いまはただ途方にくれるばかりだった。

重竜の先妻である春枝が、その後金沢の市内で旅館業を営み、最近鉄筋建ての大きな別館を増築するまでになったという噂《うわさ》を耳にしたのはきのうのことである。千代はふっと心が安まり、重竜にその話を伝えてやろうと思った。いまの重竜には、もしかしたら最も心なごむ話題であるかもしれなかった。

市電はのろのろと道を曲がり、西町の交差点で停《と》まった。数人の作業員が線路に立っていた。雪で線路に故障でも生じたのか、市電は停まったまま動こうとしない。

「早よう走ってくれんと、売り物の魚が古うなるちゃ」

老婆がまた呟《つぶや》いていた。千代は何気なく老婆のゴム長にへばりついている鱗《うろこ》を見つめた。昔、吹雪《ふぶき》で立往生《たちおうじょう》している夜行列車の中で、同じように前の席に座っている行商人風の女のゴム長を見つめていたことがあった。列車内の薄暗い明かりが、ゴム長に散っている鱗をきらきら光らせていた。千代はその時の鱗の光を鮮明に覚えている。それは、重竜の子を宿したその夜の寒々とした暗闇に繋《つな》がっていく光なのであった。千代にも別れた夫がいた。そしてその夫との間に男の子をもうけていた。当時一歳だった子供は夫の方に引き取られたが、子を捨てても別れたいと言いだしたのは千代の方であった。いま、その子は二十四歳になっている筈《はず》である。逢《あ》いたいと思う心を、なぜかこれまで一度も抱いたことはなかった。その後重竜のもとに嫁ぎ、竜夫という子をもうけたからかもしれなかったが、そんな自分を、千代は時折肌寒《はだざむ》く思うのである。

別れた夫は鉄道員だったが、田畑持ちの裕福《ゆうふく》な家の長男だった。親戚《しんせき》の者のすすめで、千代は二十一歳でその男と結婚した。色が白く、女のように赤い唇《くちびる》をしているくせに、太く響く声を持っていた。当時の鉄道員には珍しく、お茶やお花の免許を持ち、三味《しゃみ》線《せん》と長唄《ながうた》が得意で、そのうえ大酒飲みであった。結婚して二か月がたった頃《ころ》だった。勤めを終えると夫は泥酔《でいすい》して帰ってきたが、どこに服を置き忘れてきたのか下着一枚の姿だった。そのことをなじる千代を、夫はなぐったり蹴《け》ったりした。あくる日は非番で、昼近く起きだすと、夫は二日酔いにはこれが一番だと言いながら花を活《い》け始めた。その夫の華奢《きゃしゃ》な和服姿を眺めているうちに、千代は言いようのない嫌悪《けんお》感《かん》に包まれた。千代は家を出て、高岡の手前の小杉という所に住む母のもとに逃げていった。それが最初の家出である。結核で寝たきりの母が、兄と二人で住んでいた。

　次の非番の日、夫は迎えにくると、どうか帰ってくれと畳に顔をすりつけた。それで千代は夫のもとに帰った。だがそれで夫の酒癖が直ったわけではなかった。再び酔いつぶれて帰る、千代がまた母のもとに逃げていく、夫が迎えにくる、そんなことが何度も繰り返された。子供が生まれても、その繰り返しに変りはなかった。ただ逃げ帰っていく千代の背に赤ん坊がくくりつけられているだけの違いであった。

　涎《よだれ》を垂《た》れ流しながら下着一枚の姿で酔いつぶれている夫と、和服を粋《いき》に着こなして静かに花を活け、茶を服している夫とを一つに重ね合わせることは難《むずか》しかった。そして千代は、そのどちらの夫も、たまらなく嫌《きら》いであった。

　子供が生まれて半年目だった。酔った夫が、鉄道員に給料の一部として支給される米を担《かつ》いで帰ってきた。米袋には穴があいていて、彼は家までの道にそれを一粒残さず撒《ま》いてきたのである。その時千代は腹が決まった。ちょうど時を同じくして、千代の兄に召集令状が届けられた。父は千代が子供の時に死んでしまっていた。寝たきりの母を一人にしておくわけにはいかなかった。戦局が、いよいよただならぬ様相を帯びてきた頃である。

千代は子供を連れて実家に帰ると、人を介して自分の気持を夫に伝えてもらった。夫はまたいつものとおり迎えに来たが、千代はもう帰らなかった。

半年後に、舅《しゅうと》と姑《しゅうとめ》が離婚の承諾を伝えに来た。子供が引き換えだった。千代はそれでもいいと思った。たとえ子供を失っても、夫と別れたかった。

子供を抱いた姑が駅の改札口に入っていくのを、千代は遠くの家陰から見ていた。足がいつまでも震えた。夫との短かった生活が終ったのであった。

戦争が終って一年目に母が死んだ。南方に行ったまま、兄は消息を絶っていた。物のない時代であったが、それでも花街《はなまち》に再び華やかな灯《ひ》が甦《よみがえ》り始めて、千代は金沢の「田村」という料亭の女主人の誘いで勤めるようになった。芸者でも仲居でもなく、女主人の補佐として帳場に座ったり、芸者の手配をするのが仕事だったが、千代は売れっ子の芸者よりも人気があった。千代が黙って傍に座っていればいい、もう芸者を呼ぶことはないと笑い合う客に囲まれて、いつしか彼女はその世界の住人になりきっていった。そして、当時北陸道でにわかに名をしられ始めた水島重竜と知り合ったのである。戦争が終わって三年目に入ろうとする頃《ころ》であった。

市電はまたゆっくり動きだした。レール脇《わき》に立つ作業員が車掌に手を振って、

「いちんち中、雪かきよォ！」

と叫んだ。

「切符切りよりはええがや」

若い車掌も叫び返した。作業員たちの笑い声が、また激しく降りだした雪の中に消えていった。

病院は古めかしい木造の建物で、重竜のいる病棟《びょうとう》は陽当《ひあ》たりが悪く、昼間でも電燈がついている。病院特有の強い消毒液の匂《にお》いはなく、そのかわり汗と果実のまじりあったような臭気に満ちていた。

「血糊《ちのり》の匂いよ」

重竜は吐きすてるように言った。千代のむいた林檎《りんご》のひとかけらを、いつまでも口の中で転がしていた。

「なして嚙《か》んでしまわんがや？」

「入れ歯が合わんようになったがや。あんな歯、捨ててしまえ」

紙に包まれ、ベッドの端に置かれている入れ歯を重竜は足でけった。口元に薬の粉がついていたので千代が手でこすり取ってやると、重竜は言った。

「あの手形を大森のとこに持っていけや」

何年も口にしなかった友人の名前であった。

「……そやけど」

「わしのことは一部始終知っとるちゃ。なァん、落ちん手形を百も承知で、あいつは割ってくれるがや。これで水島重竜の仕事は終りです、よろしゅう頼む、そう言うて頭を下げるとええがや」

重竜の動かなくなった右腕を千代はさすった。何の力もない生温かい腕であった。重竜は、竜夫はどうしとると訊《き》きながら外の雪景色を見た。息子《むすこ》があまり病院に顔を見せないことに不満を抱いているのだった。

「お前に似て、臆病《おくびょう》で神経質なくせに、何をやりだすか見当もつかんとこがある。あれも、どっかかたわよ」

そこだけわしに似とるがやと重竜は笑った。

雪はまた小降りになったようだった。

「最後の大雪ですちゃ」

言ってしまってから、千代ははっとした。重竜にとっては、本当に最後の大雪になるかもしれなかった。

「この頃、よう思い出すがや。子供の時のことよ。……確か夏じゃった」

重竜はかつて自分の子供の頃の思い出話などしたことはなかった。

「蟬《せみ》が鳴いとってェ、わしは石垣《いしがき》の陰に隠れて誰《だれ》かを待っとるのよ。石垣の隙間《すきま》から小さい蛇《へび》が這《は》い出てきてェ、するすると別の隙間にもぐり込みよった。それもほっといて、わしはじっと体を固うして誰かを待っとった。とにかく暑い日じゃった。そいつが傍まで来たら、わっと大声あげて驚かしてやろうと思っとったのか、それとも、そいつが来るのが恐しいて、ただじっと隠れとったのか、そこんところがどうしても思い出せんがや。五つか六つの頃に違いないがや」

「また古い話ですちゃ」

千代はわざと笑顔《えがお》を作って言った。自分にも確かそれとよく似たことが、子供の頃あったようにも思えた。

「いったい誰を待っとったがか。なんぼ考えても思い出せんちゃ。それがきのうの夜ぐらいから判《わか》りかけてきたのよ。まともに見れんほどの眩《まぶ》しい道の曲がり角から、そいつの足がちらっと見えたとこまで思い出せたがや」

重竜はそれきり黙ってしまった。千代は春枝のことを話そうとしたが、なぜか同じように口を閉ざして、いつまでも雪を見ていた。北陸の暗い大気が、横なぐりにゆっくり動いていた。

目が醒《さ》めた瞬間から、竜夫は胸の中で、四月の大雪や、四月の大雪やと叫びつづけていた。四月に大雪が降ったら、その年こそ螢狩《ほたるが》りに行こう、銀蔵との間でそんな約束をかわしたのは、竜夫が小学校の四年生になった年であった。

「降るのよ螢が。見たことなかろう？　螢の群れよ。群れっちゅうより、塊りっちゅうほうがえぇがや。いたち川のずっと上《かみ》の、広い広い田んぼばっかりの所から、まだずっと向こうの誰《だれ》も人のおらん所で螢が生まれよるがや。いたち川もその辺に行くと、深いきれいな川なんじゃ。とにかく、ものすごい数の螢よ。大雪みたいに、右に左に螢が降るがや」

大仰《おおぎょう》な身振りで語る銀蔵にまとわりついて、竜夫は何度も螢の話をせびったものである。

「なァん、地の者《もん》でも知らんことよ。あの螢の大群を見た奴はそうおらんがや」

「爺《じい》ちゃんは見たがや？」

幼い竜夫の問いに、銀蔵は真顔で答えた。

「見た見た、見たぞぉ。一度だけなァ。おっとろしいぞ、あれはもうお化けとおんなじよォ。酔いも何も醒めてしもうたがや」

「連れて行けえ。竜夫を連れて行ってくれえ」

「なん、駄目《だめ》じゃ駄目じゃ。滅多なことじゃあ見られんがや。四月に大雪が降るほど、冬の長い年でないと、螢の奴《やつ》は狂い咲いてくれんちゃ」

「四月に降ったらええがけ」

「なァん、ただの雪じゃないがやぞ。大雪よォ、目ェむくほどの大雪よォ」

竜夫が銀蔵から螢の話を聞いてすでに五年がたっていたが、四月の大雪に出逢《であ》うことはなかった。それで朝食を済ますと、竜夫は慌《あわ》てふためいて八人町にある銀蔵の仕事場へ走っていった。もうひと仕事終えた銀蔵は鉋《かんな》の刃を研《と》いでいた。ことし七十五歳になる建具師であった。

「大雪やが。爺《じい》ちゃん、四月に大雪が降ったがや」

「おう、えらい雪よのお……」

「ことしはどうじゃ。なあ、ことしは螢が出よるやろか？」

よいしょと立ちあがって、銀蔵は小さな開き戸をあけ、鉛色の空を睨《にら》んだ。吹き込む風が仕事場の木屑《きくず》を舞い上げた。

「……まあ、出よるとしたら、ことしよのォ」

竜夫の首筋や頬《ほお》が火照《ほて》ってきた。彼は小学生の時、もしそんな年が訪れたら一緒に螢狩りに行こうという約束を、英子との間でかわしていたのだった。

開き戸から顔を突き出していつまでも雪を眺めている竜夫の肩を銀蔵が叩《たた》いた。

「早よう閉めんと、寒うなるがや」

振り返ると、短く刈り上げた銀蔵の白い頭髪がちょうど竜夫の目線にあった。いつのまにか竜夫は銀蔵よりも背が高くなっていた。正月に逢《あ》ったきりで、竜夫は長い間、銀蔵の仕事場に遊びにくることがなかった。

「父ちゃんはどうね？」

と銀蔵が訊《き》いた。

「良うも悪うもならん」

「できるだけ父ちゃんの傍におってあげれ」

七輪で餅《もち》を焼きながら銀蔵は柔和《にゅうわ》な目を竜夫に注《そそ》いだ。

「……うん」

「息子が二十歳《はたち》になるまでは、絶対に死なんちゅうのが重さんの口癖やったちゃ」

竜夫は確かに父を避けていた。老いて憔悴《しょうすい》した父が嫌いだったのである。七輪から弾《はじ》け散る炭の火花が、無数の螢となって竜夫の前で飛んでいた。竜夫は餅を手で返しながら、むりやり笑った。

「なァん、父さん死なんちゃ」

「おうよ、死ぬもんか。息子が大きいなって、それからしあわせになってから死ぬがや」

大きいなるには、まだ途方もない長い時間がかかりそうに思えた。

「爺ちゃん、螢の大群が出ても出んでも、ことしは螢狩りに連れて行ってくれェ。なあ、一匹も出んでもええがや、きっと螢狩りに行こう」

「おうよ、きっと連れていくちゃ。竜っちゃんとの約束をええ加減に果たしとかんと、この銀蔵もいつくたばるか判《わか》らんがやちゃ」

銀蔵の仕事場を出ると、竜夫は八人町から西町の方に歩いていった。西町で市電に乗って、病院に行くつもりであった。

雪を積み上げてゆるい傾斜を造り、その上を子供たちが滑り降りている。みんな一本の青竹を半分に割り、それで簡単なスキーを作る。小学生の頃は竜夫も冬になるとそうして遊んだが、一度ひっくり返って脳震盪《のうしんとう》を起こして以来やめてしまった。

商店街の手前で誰かの呼ぶ声が聞こえた。関根圭太であった。知らぬまに、関根の家の前を通っていたのである。二階の窓から顔を覗《のぞ》かせて、関根は手を振っていた。

「どこ行くがや？」

「病院や」

「ちょっとあがってかんか？」

関根の家は洋服の仕立屋であった。一日中ミシンの音が響いていて、竜夫は関根の家の二階にいるのはあまり好きでなかった。

度のきつい眼鏡《めがね》をかけた父親も、笑いながら店の中から手招きをしていたので、竜夫は仕方なく入っていった。

「お父さんの具合、どうですちゃ?」

と関根の父は問いかけてきた。いつも毛糸のチョッキを着て手ぬぐいで鉢巻《はちまき》をしめ、首からはメジャーを垂らしている。片方の耳が不自由なので、竜夫は大きな声を張りあげて父の容態を説明した。関根の父は頷《うなず》いて眼鏡をずりあげた。

「竜っちゃんも県立を受けるがけ?」

竜夫はまだ決めていなかった。高校に進めるかどうか危ぶむ気持があった。だが、もうわしをあてにするなという父の言葉は、逆に勉学への意欲をあおっていた。

圭太はえらい勉強しだしてのォと関根の父は笑った。そして声を殺し、

「わしは知っとるがや。なん、あいつの勉強には邪心があるがや。いつのまにか色気づいて、しょうのない奴《やつ》やが……」

とおかしそうに囁《ささや》いた。関根は二年前、母親を病気で亡くして、いまは親一人子一人であった。竜夫も千代と一緒に葬儀に参列したが、出棺の際、突然棺《ひつぎ》にとりすがって人目もはばからず泣き崩れた関根の父の小柄な姿は、いまもまざまざと覚えていた。

「わしは、あいつが中学を出たら、仕立ての修業をさせたいと思うとるがや。早よう一人前の職人になるには、その方がええちゃ」

二階から降りてきた関根が顎《あご》をしゃくって竜夫を招いた。竜夫は関根と一緒に狭い

階段を昇った。

「父ちゃん、何言うとったがや」

「お前がえらい勉強しだしたって」

「父ちゃん、俺《おれ》が高校に行くの反対ながや。なん、洋服の仕立てをするにも、これからは教養がいるがや。うちの父ちゃんは、教養がないがや」

すると下から、

「何が教養やが。お前の本心はちゃんと判《わか》っとるがや」

と関根の父が叫んだ。圭太は慌《あわ》てて障子を閉めた。

「なして、こういうことだけは聞こえるがやろか。片っぽの耳しか聞こえんくせに」

圭太の憤慨した顔が、竜夫はおかしかった。

「教養がないがや」

階下を指差すと、圭太は顔をしかめてまた言った。それで竜夫は畳の上に笑い転げた。

「何がそんなにおもしろいがや？」

憮然《ぶぜん》とした面持《おももち》で椅子《いす》に腰かけて、圭太はしばらく竜夫を見ていたが、ふと思いついたように机の引き出しをあけると、小さな箱を取り出した。

「誰にも言わんがやぜ」

中には一枚の写真が入っていた。圭太はそれを竜夫に渡した。英子が、桜の木の下で笑っていた。

「これ、どうしたがや？」

圭太は笑って答えなかったが、

「英子に貰《もろ》うたがか？」

という竜夫の問いで、にやっと笑いながら頷いた。

「ほんとに英子がお前にくれたがか？」

「ほんとよォ。これは英子が富山城で撮《と》った写真やちゃ。ちょっと前、俺《おれ》にくれたがや。俺の努力がやっと報われたちゃ」

「……ふうん」

竜夫はもう一度写真に眺め入った。それは実際の英子よりもっと大人《おとな》びて美しいように思えた。圭太は竜夫の手から写真を取ると、汚れる汚れると呟《つぶや》きながら、また箱にしまった。

「嘘《うそ》やちゃ。英子がお前に写真なんかくれるもんか」

竜夫はむきになってそう言った。

「お前、人の顔じっと見て何ちゅう失礼なこと言うがや。それは俺に対する侮辱《ぶじょく》やちゃ」

「……別に顔見て言うとるがでないがや」

「まあええちゃ。……それより竜っちゃん、英子はほんとにきれいじゃのォ。お前もそう思わんか」

「うん、……英子はきれいじゃ」

もし、お前も英子を好きかと聞かれたら、竜夫はその時素直に、ああ好きじゃと答えたに違いなかった。

もっとゆっくりしていかれと関根の父がひきとめたが、竜夫はそそくさと関根の家を辞した。市電に乗らずに、父のいる病院への長い雪道を歩いていった。この雪が融けたら春になって、自分は中学の三年生になって、一所懸命勉強をしなければいけないのだと思った。不思議な昂《たかぶ》りが竜夫の足を早めていた。

小降りになったり激しく吹きつのったりしながら、雪はいっこうにやむ気配を見せなかった。道行く人はみな外套《がいとう》を白く染め、身を屈《かが》めて急いでいた。

竜夫は雪を蹴《け》った。彼は生まれて初めて、この陰鬱《いんうつ》に降りつづく雪を憎んでいた。雪煙が、強く吹いている風にあおられて竜夫の顔や胸にかかった。いたち川のはるか上流に降るという螢の大群が、絢爛《けんらん》たるおとぎ絵となって、その瞬間竜夫の中で膨《ふく》れあがってきた。

桜

眼《め》を醒《さ》ますと、枕《まくら》に耳を押し当てて、竜夫は川の水音を聞いていた。確かに春であった。これから五月の半ばぐらいまでの短い期間、いたち川の水量は豊かである。だがことしに限って、竜夫はそのいたち川の奔流《ほんりゅう》の響きから、ある特別な音色《ねいろ》を聞きとっていた。何かがかすかに弾《はじ》けるような、そんな音であった。冬の夜にも、それと同じようにして、竜夫は静かに降り始めた雪の気配を感じ取ったものである。彼は水音に耳を凝《こ》らしながら、雪の降る音を思い起こした。体の奥がむずがゆくなってきて、竜夫はまたしばらくまどろんだ。

日曜日だった。竜夫はきょう高岡市に住む大森亀太郎という父の友人の家に行くことになっていた。一枚の手形を金に換えてもらうためであった。日曜日にお伺いするという千代の言葉を遮《さえぎ》って、竜夫を寄こすように指定したのは大森の方であった。竜夫は、ただ金を受け取ってくればいいという千代の言葉で渋々《しぶしぶ》承知したのであったが、一度も逢《あ》ったこともない大森という男が、何故《なぜ》わざわざ自分を呼んだのか不安だった。

「早よう起きんと約束の時間に遅れるっちゃ」

千代が竜夫の蒲団《ふとん》を剝《は》いだ。竜夫は我に返って、のろのろと起きあがり、井戸水で顔を洗った。竜夫は自分の鼻が前よりも大きくなったような気がして何度も指で触《さわ》った。小鼻や鼻筋が、前と比べると固くなっていた。そのことを言うと、千代は竜夫の鼻をつまんで、

「前は、乳の先が固うなって痛いて女の子みたいなこと言うとったがに、今度は鼻か?」

と笑った。そして、行儀ようして言葉遣いもちゃんとするがやぜと何度も念を押した。

千代は竜夫と一緒に雪見橋から市電に乗って富山駅までついてくると、高岡までの切符を買った。東京や大阪へ向かう汽車の発車時刻を案内する駅員の声がスピーカーから流れていて、日曜日であったが駅は混雑していた。高岡市までは約一時間程だったが、竜夫はとてつもなく遠い所へ出掛けるような思いで緊張していた。

「お金、これに包んで、しっかり手に持ってくがや」

千代は風呂敷《ふろしき》を竜夫の学生服のポケットにねじ込み、きつい目をして言った。

「父さんは、ことし一年もつかもたんか判《わか》らんがや。お金は病院への払いと、お前が高校へ行くために残しとくがや。大森さんに聞かれたら、正直にそう言うたらええがや」

「……うん」

「これからは母さんが働くから心配はいらんちゃ。母さんは働くことが大好きながや」

「……うん」

大事な用事で一人汽車に乗って高岡まで行くことの心細さは、このいつもと違う母の様子で消し飛んでしまった。母はかつてそんなふうにきっぱりとした口調で物を言ったことはなかった。

高岡に着いたのは正午を少し廻《まわ》った頃《ころ》であった。母が書いてくれた地図を頼りに、竜夫は駅前の道を西に歩いて行った。風が強く、春の陽差《ひざ》しの中で砂塵《さじん》が舞っていた。大森の家はすぐ判《わか》った。商店街が跡切《とぎ》れる所を左に曲がると黒塀《くろべい》の家があり、その屋根に「大森商会」と書かれた看板が据付《すえつ》けられていた。ガラス戸を開けて挨拶《あいさつ》をすると、男が事務所と座敷とを区切っている大きな暖簾《のれん》から顔を出した。

「遠いとこ、よう来られた」

大森は事務所の一角の応接室に竜夫を通した。黒光りする甲冑《かっちゅう》が大きなガラスケースの中に飾ってあった。太い眉《まゆ》と唇《くちびる》の間に細い目が押し込められているといったふうな顔立ちで、一本の毛も無い頭が桃色に光っていた。遠いとこよう来られたと同じことを言って、大森はじっと竜夫を見つめていたが、

「お父さんによう似とる」

と顔を崩して笑った。竜夫は落ちつかなかった。こんな時どんなことを喋《しゃべ》ったらいいのか判らなかった。それで彼は封筒《ふうとう》に入った手形をポケットから取り出して大森に渡した。

「お母さんから話は聞いとるちゃ」

そう言いながら大森は封筒をそのまま竜夫の前に押し返した。

「これは金には換わらんただの紙きれやから、持って帰られ」

竜夫は途方にくれて、ただ黙っていた。大森には正直に金の使い道を話すようにと母から言われていたが、竜夫は言葉がうまく口から出てこなかった。甲冑《かっちゅう》の横の壁に竜夫の背丈程もある大きな柱時計があった。その時計には「祝開店、水島重竜」という金文字が彫り込まれていた。

「おう、これはわしがここで商売を始めた時、あんたのお父さんから祝いに貰《もろ》たがや。あんたが生まれるずっと前よ」

大森は大きな声でそう言ってから、今度は声をひそませた。

「ただの紙きれをわざわざ金にせんでも、あっさりわしがいるだけのものを用立てたらええがや。それで、金を、わしはあんたに貸してあげようと思うとるがや」

竜夫には大森の言う意味がよく理解できなかった。一時も早く家に帰りたかった。

大森は座敷の方に姿を消すとしばらくして万年筆と便箋《びんせん》を持ってまた戻《もど》って来た。そして金庫から金を出した。

「あんたに貸してあげるちゃ。それでええがや？」

竜夫の目から涙が溢《あふ》れてきた。嬉《うれ》しいのではなかった。といって悲しいのでもなかった。竜夫は、

「返すのは、おとなになってからでええがですか？」

と懸命に涙をこらえて言った。

「おうよ、ええともええとも。おとなになって金を儲《もう》けるようになってからでええがや。返せる金ができて、その時わしがもう死んでおらんかったら、返す必要はないがや。ただあんたがきょう、わしから金を借りたということは、間違いのないことにしとくがや」

大森は二通の借用書を作った。無利子で無期限、貸方が死亡した時は貸借関係は消滅するという但し書きを大森は大きい字で書き添えて自分の判を押した。竜夫は言われるままに氏名を書き、印肉に親指を押し当てて、拇印《ぼいん》をついた。

「まだ小さいのに、よう一人でわしのとこに来られた。ゆっくりしていかれ。きょう、家の者は店の連中と花見に行ったで、何もおかまいできんちゃ」

と言って大森は言葉をついだ。

「水島重竜はどこまで偉うなるか恐《こわ》いぐらいやったがに、ある時期から、急に運を

失《な》くしてしもうたちゃ。頭のええ、腹の大きい、人間としてはまことにええ人ながに、ぽつんと運が切れたがや。運というもんを考えると、ぞっとするちゃ。あんたにはまだよう判《わか》るまいが、この運というもんこそが、人間を馬鹿《ばか》にも賢こうにもするがやちゃ」

わしとお父さんとは、丁度あんたぐらいの歳《とし》からのつきあいよと大森は呟《つぶや》きながら、再び座敷の方に行った。竜夫は机の上の借用書と、赤く染まった自分の親指を見ていた。

「これを見られ、わしとあんたのお父さんやが」

戻《もど》ってくると、大森は一枚のセピア色の写真を竜夫に見せた。二人の若者が桜の木の下で肩を組んで座っていた。一人は帽子をかぶって足にゲートルを巻き軍靴《ぐんか》を履《は》いていた。もう一人は手拭《てぬぐい》を頭に乗せて上半身裸であった。大森はその裸の若者を指差した。

「これがあんたのお父さんやが、十八の時よ」

「……へえ」

竜夫はその坊主頭《ぼうずあたま》の若者に見入った。確かに、自分とよく似た顔立ちであった。春光の下で、十八歳の父はまぶしそうに目をしかめ、その肌《はだ》は白く輝いていた。そして同じ歳の大森青年の目は濃い眉《まゆ》の下からじっとカメラを睨《にら》みつけていた。

これはのうと大森は声をひそめた。

「これは二人して初めて、おなごっちゅうもんと遊んだ明けの日よ」

大森はもっと何かを喋《しゃべ》ろうとしたが、そのまま口をつぐんでじっとその写真を見ていた。

それからしばらくして竜夫は大森の家を辞した。大森は駅まで送ってくれ、売店でチョコレートを買ってくれた。そして急に言葉を改めて、またお目にかかりましょうと言いながら頭を深々と下げた。竜夫もさよならと言ってお辞儀をした。学生帽が落ちて転がった。


富山城の桜はまだ七分咲きといったところだったが、濁って淀《よど》んだお堀の水には水草が青々と輝いている。

千代は新聞社のビルを出ると、富山城の前まで歩いてきて、そこでひと休みした。新聞社の社員食堂で賄《まかな》い婦を募集していることを知り、面接を受けに行ったのであった。仮りに採用されたとしても、千代は勤めに出られるかどうか心配であった。十日前に再び発作《ほっさ》を起こし、重竜は右腕だけでなく右脚の機能も失なった。今までなんとか一人で手洗いの用を済ませていたが、完全に右半身が動かなくなってしまうと、誰《だれ》かが常に付き添っていなければならなかった。付き添い婦を雇うような金はなかったし、かといって千代が四六時中傍《そば》についている訳にはいかなかった。借金取りはさすがに病院にまではやってこなかったが、三日にあげず家に押しかけて来て、近所に聞こえるような大きい声を張り上げたりした。なかに二、三人「取り立て屋」と称される者もいて、わざと夜中に訪れて大声で金の返済を迫るのであった。家と土地、それに駅前にある事務所を早く処分して、大きい額の借金だけは、けりをつけたかった。そして何よりも親子は、日々の生活費に追われていたのである。だが重竜が寝たきりになって、千代は働くにも働けない状態に陥っていた。

千代はお堀を渡って城門をくぐり、砂利道を歩いていった。お堀の魚を釣《つ》りに来た子供たちが千代の横を走り抜けていった。親子連れや、若い男女の賑《にぎ》やかな声が、あちこちの桜の下にあった。

暗い空の下で、天守閣の甍《いらか》の光沢が妙に眩《まぶ》しかった。千代は一本の桜の老木の下に腰をおろした。ちょうどその場所から、お城の石垣《いしがき》の陰で誰かを待っているらしい三十前後の和服の女の、ひとりぽつねんと立っているさまが眺《なが》められた。もう随分前からそこに来ているらしく、女の表情に軽い苛立《いらだ》ちに似たものが漂っている。千代は大きく息をついた。そして、まばらに散りこぼれる桜の花弁越しに、いつまでもその女を見ていた。そこからははっきりと判別できなかったが、女の羽織に描かれている水仙らしき小さな花の、曇り空の下に淡く浮きあがった黄色い居並びが、千代の心にふいに染《し》み入ってきた。

十五年前の冬、千代は富山駅の待合室で重竜を待っていた。約束の時間をとうに過ぎていて、千代は何度も帰ろうと思った。帰ってしまったら、重竜がもうそれ以上は追ってこない男だということも千代には判《わか》っていた。千代は待合室を出て、改札口のところまで歩いていくと、ホームに停《と》まっている列車を眺めた。福井方面から遅れて入ってくる列車の全《すべ》てが、屋根にぶ厚い雪を積らせていた。雪は車体やガラス窓にも一面にへばりつき、それが遥《はる》か彼方《かなた》でうねっているのであろう吹雪《ふぶき》の凄《すご》さを教えていた。大きな行李《こうり》を担《かつ》いだ女達が改札口を入っていき、それと入れ替わるように、復員兵らしい二、三人の男がぶ厚い外套《がいとう》にくるまれて急ぎ足で通り過ぎて行った。子供の泣き声も駅の構内のどこかから響いていた。暗いホームは濡《ぬ》れていて、ところどころ雪の塊りが落ちている。千代は時計を見た。その時、ぽんと肩を叩《たた》かれた。水島重竜が怒ったような顔をして立っていた。

「待合室におらんから、帰ってしもうたかと思うがや」

重竜は新潟行きの切符を買っていたが、初めて甘えるような素振りをみせて越前《えちぜん》に行きたいとねだる千代の言葉で、あっさり行先きを変更した。

案《あん》の定《じょう》、汽車は大聖寺《だいしょうじ》の手前で停《と》まった。吹雪にとじ込められていつ動くのか見当もつかなかった。停まってしまうと、列車の中はスチームの熱が下がってきて、それとは逆に前の席に座っている行商人風の女のまわりから魚の匂《にお》いがたちこめてきた。女のモンペやゴム長には無数の鱗《うろこ》がへばりついていた。

「寒うないがか」

と重竜が耳元で囁《ささや》いた。足がちょっと寒うなったというと、重竜は網棚《あみだな》から自分の外套《がいとう》を降して千代の膝《ひざ》に掛けた。その純毛の外套は、誰もがしばらく見つめる程鮮やかな鶯色《うぐいすいろ》だったが、重竜の精悍《せいかん》な体と切れ長の鋭い目には不思議によく似合った。ひょっとしたら千代は、こんな派手な外套を臆面《おくめん》もなく着こなす一人の事業家の傲岸《ごうがん》ともいえる勢いに、親子ほどの年の差も忘れて魅《ひ》かれていったのかもしれなかった。

女がこちらの方に歩いてくるのに気づいて、千代は我に返った。少し離れた所に男が立っていた。二十四、五歳の顔色の悪い男だった。女は千代の前を通り過ぎながら、

「しょうがなかったがや、子供が熱を出して……」

と男に言った。男は背広の上着をぬいで女に持たすと、胸ポケットからネクタイを取り出して締めた。女の言葉のきれはしに、千代は哀《かな》しいものを感じた。千代は立ちあがって、もと来た道を歩いていった。花見客のひとりが歌っている。酒宴のあとのちらばる茣蓙《ござ》の上に転がされたまま、乳呑《ちの》み子が泣いていた。千代は足早に歩いた。赤ん坊の泣き声がいやだった。千代と重竜の乗ったあの夜汽車の中でも、赤ん坊が泣いていた。

四十分近く停《と》まっていた汽車が再び雪の原野を走り始めると、こんどは突然車輛《しゃりょう》のうしろで、赤子が泣きだしたのであった。

列車が揺れるたびに、女のゴム長についた鱗《うろこ》は鋭く光った。何の脈絡もなく、千代はその無数の光から、何年か前に別れた吾《わ》が子の項《うなじ》の細さを思い出し、はっとして座り直した。その拍子《ひょうし》に膝《ひざ》に掛けてあった重竜の外套がずり落ちた。

「きょうは福井泊りよ。越前岬《えちぜんみさき》にはあした足を伸ばすちゃ。それでええがか？」

越前に行きたいとは言ったが、千代は越前岬と指定した覚えはなかった。それで重竜の表情を窺《うかが》った。重竜は外の暗闇《くらやみ》に顔を向けていたが、その表情はくっきりとガラス窓に映っていた。重竜はそうやってじっと千代を見ていたのだった。千代はガラス窓に映る重竜と目を合わせた。重竜に対して抱いていた朦朧《もうろう》とした気持は、その瞬間、恋情というはっきりした形となって千代の中で固まっていったのだった。

その夜は福井市内に宿をとった。重竜はいつになく口数が少なかった。食事を済まし、炬燵《こたつ》で向かい合って、千代は時折、風にあおられた雪片が屋根や壁や窓ガラスに強くぶつかっていく音を聞いていた。暗いのうと重竜が言った。

「芸者でも呼ぶか……」

千代は嫌《いや》がったが、重竜は手を叩《たた》いて番頭を呼んだ。もう遅すぎますよ、いまから来る芸者は、芸なしのあれ用でと番頭が笑った。番頭は一旦席を外すと、しばらくしてまた戻《もど》って来た。もしよろしければ、三味線を弾かして頂きたいという女がいると伝えた。

「おう、弾いてくれェ」

重竜はそう言いながら、炬燵の中で千代の足首を握った。

五十近い小柄な女が番頭に案内されて部屋に入って来た。盲目で、両目は白く濁っていたが、越後《えちご》の瞽女《ごぜ》と呼ばれる人とはまた違った類《たぐ》いの女らしかった。

女は黙って頭を下げると、顔を少し天井《てんじょう》に向けてしばらくじっとしていた。何か匂いを嗅がれているような気がして、千代は落ち着かなかった。

女はその風貌《ふうぼう》とは似ても似つかない激しい撥《ばち》さばきで、短い曲を弾き終えると、

「歌も入れまっしょうか？」

と訊《き》いた。

「いや、歌はええちゃ。ずっと勝手に弾いとってくれ。……それからさっき頼んだ酒はもうええがや」

番頭がさがると、女は大きく深呼吸し息を整え、それから撥の尻《しり》を一度舐《な》めた。そしてまた激しく弾き始めた。怖気《おぞけ》だつほど澄んだ音色であった。いつしか千代は盲目の女の奏《かな》でる暗い力強い音調の中にひき込まれていった。重竜も千代の足首を握ったまま、女の撥さばきに視線を投げていた。夜も更《ふ》けて番頭が迎えに来るまで、女は三

味線を弾き続けた。幾筋もの汗を顔から首筋へと流して撥を糸に叩《たた》き続けながら、女はかすかに唇《くちびる》を動かしていた。まだ、もっと、もっと、と呟《つぶや》いているように千代には思えた。黄色い電燈の光が、三味線の音と共にじわじわ薄暗くなっていった。一滴だと透明なのに、むつみ合うと鉛色になる——盲目の女の手首の一振り一振りは、越前の海の雫《しずく》に似て、この肌寒い部屋の空気をいっそう暗い冷たいものに変えていった。

「こんなに弾いたのは、戦争が終ってから始めてですちゃ」

と女は言った。重竜は額をはっきりと女に伝えながら、金を手渡した。

「番頭には、あんたからは、やらんでええがや」

重竜は迎えに来た番頭にも金を与えた。

二人はその翌日、越前岬まで足を伸ばした。刻々と暗色を深めながら砕け散る空と海は、もうどこが境界線なのか判別できなかった。雪も天に向けて逆巻いていた。

「なして、こんなとこに来たかったがや?」

千代も襟巻《えりまき》で顔をくるんで重竜の耳に口を寄せて笑った。

「なァん、行きたいなんて言うとらんがに」

「越前岬に行きたいて言うたがでないがか」

「なァん、越前に行きたいて言うたがやちゃ」

海岸べりには、雪庇《せっぴ》を屋根から突き出した民家が、まだらな雪をかぶって並んでいた。雪と風の中で、それらは黒ずんでひっそりとしていた。

濤声《とうせい》の中から、千代は三味線の響きを聞いた。海鳴りかと聞き耳を立ててみた。波に向かって切り込む風が、偶然に作り出す擬音《ぎおん》なのか……。

三味線の音が聞こえると重竜に言うと、

「おう、確かに聞こえるのぉ」

と重竜も言った。二人は海を見た。

「凄い海よのぉ……」

そろって立ちつくしている重竜の目は、昨夜、盲の女の弾く三味線に耳を傾けている時の淋《さび》し気《げ》な、それでいて何かをはっきりと凝視《ぎょうし》しているような光を帯びていた。

「水仙の花が咲くがや」

と千代ははしゃいだように言った。誰かからそんな話を聞いたことがあったのである。

「水仙の花が咲くがや。この辺一帯に、……それも冬に」

そう言って千代は海岸を探ったが、小さな花弁はどこにも見当たらなかった。

牡丹雪《ぼたんゆき》が降って来て、二人は身を屈《かが》めて、海辺から離れて行った。

二か月後、千代は自分が身ごもったことを知った。だがその時の自分の気持をよく思い出すことは出来ないのであった。ただ、妻を捨て家屋敷を捨てても、自分の夫になろうとした五十二歳の男に対して、千代は一種の恐しさに似たものを感じたことを憶《おぼ》えている。子供を捨ててまでも夫と別れてきた女が、妻を捨てても子供の親になりたいという男のもとに嫁いだのである。千代は、料理屋で働いていた頃《ころ》の不思議な虚《むな》しさと淋《さび》しさを思う。そして自分は重竜に何も望んではいなかったのではないかという思いに浸る。千代は折にふれ、あの越前岬での会話を思い出す。

「越前岬に行きたいて言うたがでないがか」

「なァん、越前に行きたいて言うたがやちゃ」

そして、越前の荒海と逆巻く牡丹雪の中から漂うかすかな三味線の音を、互いの耳が聞きとっていたことを思うのである。

雨が降って来て、濡《ぬ》れた顔に桜の花弁がへばりついた。赤みの全くない薄汚れた花であった。花見客の何組かは、もう茣蓙《ござ》を丸めて走り出していた。千代も小走りで市電の停留所まで急いだ。振り返ると、さっきの女も男と一緒に走ってきていた。二人は千代と同じ市電に乗り込み、息をはずませて千代の横に並んだ。千代はそっと女に目をやった。羽織も着物も上品で品がよかったが、何度も水をくぐったものであることは一目で判《わか》った。水商売らしい風情《ふぜい》はどこにもなかったけれど、女からはどことなく崩れたものが匂《にお》っていた。行きずりの、見も知らぬ一人の人間がこんなにも気にかかったことは、千代には初めてのことであった。

ふと気づくと、女も千代を見ていた。二人は同時に目をそらした。千代はだんだん落ち着かなくなってきた。大森が手形を割るとも割らないとも答えなかったことを思い出し、急に不安にかられた。千代は富山駅で降りた。竜夫が帰って来るのを、何時間でも待つつもりだった。狭い病室で自分を待っているであろう重竜の姿が浮かんだ。じっとしていられなくて千代は改札口の前を行ったり来たりしていた。小一時間程たって、雨がやんだ頃、ホームの向こうから数人の乗客に混じって歩いて来る竜夫を見つけた。竜夫は千代を認めると、紫色の風呂敷《ふろしき》包みをかざして笑いながら走って来た。


（あとで魚釣りに行かんか。神通川《じんつうがわ》にええ所があるがやちゃ）と書かれた小さな紙きれが竜夫に廻《まわ》って来た。振り向くと、関根圭太が教科書で教師から顔を隠しながら、目くばせしていた。土曜日なので授業は昼過ぎに終った。

竜夫が校内を出ると、関根が自転車に乗って追いかけて来た。

「行かんがか？」

「なん、きょうは用事があるがやちゃ」

「用事て何ね？」

「お前に関係ないがや」

歩いている竜夫の廻りを、関根は自転車に乗ってぐるぐる廻った。

「何を怒っとるがや？」

「なァん、何も怒っとらん。……お前、勉強せんでもええがか？」

関根は自転車から降りると、竜夫と並んで歩き始めた。荷台には釣竿《つりざお》がくくりつけてあった。

「父ちゃん、俺《おれ》に高校に行かんで、中学を卒業したら金沢へ行けっちゅうがや」

「……金沢？」

「うん、金沢に父ちゃんの友だちの洋服屋があるがや。そこで三年程、仕立ての修業せえって。それできのうの夜、喧嘩《けんか》したがや。やっぱり父ちゃんは教養がないがや。俺の尻《しり》を足で本気で蹴《け》るがやちゃ。俺《おれ》も見事な上手投げで返してやったちゃ」

「……ふうん」

「それで俺は、きょうは家に帰らんがや。そう言うて出て来てやったがや。まあ、ちょっとしたレジスタンスよ。すぐ人を蹴ったりする無知なとこにお灸《きゅう》をすえてやるがやちゃ」

関根は鞄《かばん》の中から小さい箱を取り出して竜夫の鼻先につきつけた。それはいつぞやの英子の写真が入っている箱であった。

「これ、お前にやるちゃ。英子の写真よぉ」

「……なして」

「お前、嫉《や》いとるがやろ。俺が英子の写真を持っとったから」

「なァん、嫉いてなんかおらんちゃ」

竜夫は慌《あわ》てて否定したが、自分の顔が赤らんでいくのに気づいた。関根はにっと笑いながら声を忍ばせて言った。

「これ、ほんとは英子に貰《もろ》たがでないがや。盗んだがや」

「……盗んだァ？」

「誰《だれ》にも言うなァ。掃除《そうじ》当番で遅うまで残っとった時、英子の机の中を見たらノートが忘れてあったがや。めくっとったら、これがはさんであったちゃ。それで、内緒で持って来たがや」

「なんやァ、盗んだがか、おかしいと思うたがや」

「そうよ、冷静に考えてみィ、英子が俺《おれ》に写真なんかくれる筈《はず》ないちゃ」

笑っている竜夫を窺《うかが》うようにして、関根は言った。

「お前、正直に白状したら、この写真やってもええちゃ。英子を、好きかァ？」

竜夫は黙っていた。関根はそんな竜夫の頭をこづいた。

「英子の写真、ほしいか？　なあ、ほしいか？　ほしいて言うたら、ほんとにやるちゃ」

「……ほしい」

「英子のこと、好きかァ？」

竜夫は小箱を睨《にら》みつけて頷《うなず》くと、関根の手からそれを受け取った。開けてみると、確かにあの英子の写真が入っていた。

「なして俺にくれるがや」

と竜夫は関根に訊《き》いた。

「友情のしるしやが。……これからずっと俺と友だちでおるちゃ。ずっと、おとなになっても、ほんとの友だちでおるちゃ。ええか？」

「……うん」

急に恥しそうにして、あらぬところを見つめている関根に、竜夫は頷《うなず》いてみせた。関根は、一緒に釣りに行かんねと誘ったが、竜夫は病院に行って、母と交代《こうたい》しなければならなかった。

「ええがや、俺《おれ》一人で行くちゃ。神通川のすぐ横に秘密の釣場を見つけたがや」

「秘密て、どこね？」

「誰《だれ》にも判らんとこやが。今度また教えてやっちゃ」

竜夫は自転車を力一杯こいで行く関根の姿を見送った。関根の姿が見えなくなると小箱の蓋《ふた》を開けて、何度も英子の写真に眺め入りながら、市電の停留所まで歩いていった。

完全に寝たきりになった重竜は、表面的な機能障害よりも、更に深い部分の衰亡が著しかった。二度目の発作と同時に、重竜は急激に言葉を失なっていった。失語症であった。医者はまだまだ症状の悪くなっていくことを告げ、もはや回復の困難なことをほのめかした。

その夜、竜夫は病院の一室で語れぬ父に話しかけた。大森に、父の若い頃の写真を見せてもらったことを伝えると、重竜は顔を歪《ゆが》めてただ笑っていた。言っている意味が、ちゃんと伝わっているのかよく判らないまま、竜夫は一語一語根気よく話し続けた。

「銀蔵爺《じい》ちゃんと螢《ほたる》を見に行くがや。ものすごい螢の大群やと。螢はいつ頃出るがやろか？」

重竜は口を開けて、一心に言葉を探っているふうであったが、やがて竜夫の目を見つめながら、

「……いね」

と言った。

「いね？」

帰れと言う意味かと竜夫は思った。だが重竜は左手で竜夫のベルトをつかんでいた。

重竜はいやいやをするように首を振って、また何かを考え込んでいた。そんな重竜の姿から竜夫は得体《えたい》の知れない恐怖に似たものを感じた。

「螢を見に行くちゃ。いたち川の上流で、雪みたいに螢が飛んどるがや」

「ほたるが……、ほたるが、たつおに……」

と重竜は懸命に言葉を吐いた。

「雪みたいに、螢が飛ぶがや」

「ゆきが……、ほたるよ。ゆきが、ほたるよ」

微笑《ほほえ》んでいる重竜の両眼に涙がにじんでいた。彼は泣き笑いの表情のまま、いつまでも同じ言葉を繰り返した。

「ゆきが、ほたるよ。……ゆきが、ほたるよ」

竜夫はベルトから父の手を離そうとして立ち上った。どこにこんな力が残っているのかと思える程、重竜の指はしっかり竜夫のベルトを握りしめて離さなかった。重竜は泣いていた。子供のように泣きながら竜夫を引き寄せて、その腹に自分の顔をこすりつけた。竜夫は恐かった。自分にしがみつき、身を捩《よじ》って泣いている父から、一時も早く逃げて行きたかった。

「帰ってええがか?」

「俺《おれ》、宿題が残っとるがや」

と竜夫は嘘《うそ》をついた。

「もうすぐ母さんが来るちゃ。俺、帰らにゃならんがや」

そして、父の手首を押えて力まかせに腰を引いた。重竜の指はやっと離れた。

市電を降り、雪見橋のたもとに立って、竜夫は夜のいたち川を見やった。月明りの下で確かに、瞬《また》いているものがあった。川縁《かわぶち》の草の影になっているらしい部分が小さく光りながら帯のように長く伸びていた。まだ螢の出る季節ではなかったが、竜夫は慌《あわ》てて手さぐりで草叢《くさむら》を降りていった。夜露でたちまち膝《ひざ》から下が濡《ぬ》れそぼった。川縁には何もなかった。光の加減で竜夫は騙《だま》されたのであった。せせらぎが月光を浴びてぼっと輝いているだけだった。竜夫はいつまでも川の縁に立っていた。上流を覗《うかが》うと橋の下が同じように黄色く瞬いていた。父の泣き顔と、運ちゅうもんを考えるとぞっとするちゃ、という大森の言葉が重くのしかかってきた。

関根圭太が神通川で溺《おぼ》れ死んだという報を、竜夫はその翌日、近所に住む級友から伝えられた。その少年は朝一番に教師から知らせを受けて、同じクラスの連中の家を一軒一軒伝えて歩いているのだと言った。葬式はあしたの昼からやちゃと言って、級友は急いで帰っていった。

「嘘《うそ》や。なァん、嘘やちゃ」

竜夫は震える手で自転車の錠を外すと、関根の家に向かってこいで行った。「忌」と書かれた紙が店のガラス窓に張られ、人の出入りも激しかった。入口の所に級友の一人が立っていたので、竜夫は傍に行き、

「関根が死んだてほんとながか?」

と訊《き》いた。級友は黙ってうなずいた。

「なして死んだがや?」

「新聞にも載っとるがや、神通川の横の用水路に浮いとったて」

「用水路?」

「うん、一人で魚釣りに行って、誤って落ちたがでないがかって……。誰《だれ》も見とったもんがおらんから、はっきり判《わか》らんて書いてあるちゃ」

神通川の水を引き込んだ深い用水路があることは竜夫も知っていた。あれが秘密の釣り場だったのかと竜夫は思った。

竜夫は家に帰ると井戸水を腹一杯飲んだ。そして押し入れの中に潜り込んだ。何故《なぜ》そうしているか、自分でも判らなかった。襖《ふすま》を閉ざして、狭い押し入れの中に身を屈《かが》め、隙間《すきま》からこぼれてくる光を睨《にら》んでいた。おとなになっても、ほんとの友だちでおるちゃ。関根の声が暗闇の中から聞こえてくるような気がした。自分も一緒に釣りに行っていれば、関根は死ななかったろうかと思った。体を左右にくねらせながら、古

びた自転車を懸命にこいで道の向こうに消えていった関根のうしろ姿が竜夫の胸に浮かび上ってきた。竜夫は自分以外には誰《だれ》もいない家の押し入れに身を隠していつまでも座り込んでいた。

十日程たった頃、関根の父についてある噂《うわさ》がたち始めた。人を見ると、関根の父は恐い顔をして、教養がないがやと罵《ののし》るのだということだった。初めに異常に気づいたのは服を誂《あつら》えにいった客であった。関根の父は元気のない、やつれた風情《ふぜい》であったが、仕事振りには何ら変わったことはなかった。ところが客が少し難しい注文を出すと、上目使いでじっと睨《にら》みつけながら、お前は教養がないがやと吐きすてるように叫んで、持っていた巻尺を客に向かって投げつけたのだという。

噂を聞いた近所の人が訪れると、関根の父は仕事場の壁に向かって座ったまま、時折、教養がないがやと呟《つぶや》いて、明らかに異常な姿をみせていた。

教養がないがや——その言葉は、クラスではしばらくの間、流行《はや》り言葉となった。教師の質問に答えられなかったり、忘れ物をしてきたりすると、きまって誰かがその者を指差して、教養がないがやと笑った。竜夫は決してその仲間に入っていかなかった。

遅咲きの桜まで散ってしまい、もう明らかに春のものとは言えない陽差《ひざ》しが、この北陸の街々を照らし始めた頃、竜夫は自転車に乗って、神通川のほとりの、関根圭太の死体が浮かんでいたという用水路まで出向いていった。黒い水藻《すいそう》に一面覆《おお》われた用水路は、覗《のぞ》き込むと思わず声をあげる程無数の魚が泳いでいた。

竜夫は用水路のふちに腰掛けて、関根からもらった英子の写真を取り出した。その小箱には、写真と一緒に、大森亀太郎との間で交わした借用書も折り畳んで入れてあった。竜夫は箱を草の上に置いて寝そべった。そして、写真の中の英子を見つめた。何度も取り出して飽きることなく眺め続けた英子の笑顔であった。笑っていても、英子の唇《くちびる》はぽってりとやわらかそうであった。関根なら、きっと堂々と英子に向かって、一緒に螢狩りに行こうと誘いかけるに違いなかった。英子の写真といい、大森に見せてもらった父の青年時代の写真といい、そのどちらもが、同じように桜の巨木の下で撮られていることに、竜夫は不思議な思いを抱いていた。

水藻にひっかかっている藁《わら》の上に蝶《ちょう》が止まっていた。ちょうど用水路の真ん中あたりで、黒と黄の精緻《せいち》な縞模様《しまもよう》を風になぶらせている。竜夫は用水路のふちに腹ばいになり、そっと腕を伸ばした。もう少しというところで、危うく落ちそうになり、彼は慌《あわ》てて体勢を改めてまた腕を伸ばしてみた。蝶は死んだように動かなかった。どう体勢を変えてみても届かないのであった。竜夫はあきらめて立ちあがった。得体《えたい》の知れない怒りと悲しみが湧《わ》き起こってきた。目の前の蝶が、関根圭太を殺したように思えた。竜夫は蝶めがけて石を投げた。用水路の上を水面すれすれに飛んでいく蝶に向かって、教養がないがやと呟《つぶや》いてみた。竜夫は草の上に寝転んで眩《まば》ゆい空を見やった。天高く舞う鳶《とび》の、泰然《たいぜん》たる円運動があった。

螢

校庭の隅《すみ》の水道場で、蛇口《じゃぐち》に口をつけて水を飲んでいる竜夫の頭上で、あっという声が聞こえた。竜夫が顔をあげると、同じクラスの女生徒が薄笑いを浮かべて立っていた。

「いまそこで英子ちゃんも水を飲んだがや。英子ちゃん、きっと喜こぶわァ……」

「だら、変なこというな」

竜夫は口や顎《あご》を濡《ぬ》らしたまま、校庭を走っていった。どこをめざして走っているのか判《わか》らなかった。その女生徒の思いがけない言葉で顔を火照《ほて》らしていた。

授業が始まると、竜夫は窓ぎわの席に座っている英子を何度も盗み見た。

竜夫は授業が済み教室を出て廊下を歩いていく英子をうしろから呼び止めた。

「銀爺《じい》ちゃんが螢狩りに行こうって。英子ちゃんも一緒に行かんけ?」

「……あの螢のこと?」

英子は銀蔵の話を覚えていた。

「うん、今年はきっと出よるって。ことしを外《はず》したら、もういつ出よるか判らんて銀爺ちゃんが言うとるがや」

英子はもともと無口な娘であった。竜夫の肩のあたりに目をやりながら、黙って考えこんでいた。中学に入って、こうやって二人きりで言葉を交わすのは初めてのことだった。

「いつ行くがや？」

「……まだ判《わか》らん、田植の始まる頃《ころ》が、螢の時期やと」

「母さんに聞いてみる」

「おばさん、きっと駄目《だめ》やって言うに決まっとる」

「……なァん。そんなこと言わんよ」

「英子ちゃんは行きたいがか？」

「うん……行きたい」

同じ年頃の娘たちと比べると、英子はそんなに背の高いほうではなかったが、それでも一時期竜夫よりも大きかった時がある。竜夫が晩生《おくて》だったからだが、いまこうして並んでみると、いつのまにかはるかに竜夫の方が大きくなっていた。

竜夫はふと英子に関根のことを話したい衝動《しょうどう》にかられた。自分の前から永久に姿を消してしまった友もまた、自分と同じように、いやひょっとしたら自分よりももっとひたむきに、英子に魅《ひ》かれていたのであった。

「関根が英子ちゃんの写真を持っとったがや」

と竜夫は言った。英子は決して関根のことを悪く思わないだろうという確信があった。

「……写真？」

「うん。英子ちゃんの机から盗んだがや」

思い当たるように、英子は目を見瞠《みひら》いて、遠くに視線をそらした。日ざかりの道を自転車に乗って遠ざかっていく関根圭太の最後の姿を思い出すと、竜夫は突然英子に対して無防備になっていった。

「その写真を、俺《おれ》、関根からもろたがや。友情のしるしやと言うて、関根がくれたがや」

その時、級友たちが廊下の向こうからやってくるのが見えた。竜夫は慌《あわ》てて、英子に言った。

「螢狩り、行く？」

「うん、行く。母さんに頼んでみる」

竜夫は教室に駈《か》けもどった。誰《だれ》かに話しかけられて、それに答え返す竜夫の声が、いつまでも上ずっていた。

次の授業が始まってすぐ、用務員が教室に入ってきて、教師に何やら耳打ちした。教師は竜夫の席まで来ると、

「校門のところでお母さんが待っとられるから帰られ……」

と囁《ささや》いた。竜夫は、父が死ぬのだとその瞬間思った。教室を出ていく竜夫を級友たちは一斉に見つめていた。窓ぎわの英子の顔がぼっと白くかすんで見えた。校庭の廻《まわ》りをぐるりと取り囲む樹木の若葉が、曇り空の下ではたはたとゆらめいている。立山の、灰色の頂だけが、はるか前方の空中で雲かと見まごうばかりに浮かんでいる。

「父さんの具合が悪うなったがや。お医者さんが、もう一日か二日のうちやろて」

千代は竜夫を見るなり駈《か》けよってきてそう言った。

親子は西町まで歩き、そこで市電を待った。映画館の看板や百貨店の垂《た》れ幕が色鮮やかな繁華街の中でひときわはなやいで映っていた。

このまま病院に行かず、繁華街をいつまでも歩いていたいと竜夫は思った。見知らぬ親子連れのあとをこっそり尾《つ》けていったり、主人の目を気にしながら本屋でしつこく立ち読みしたり、閑散とした映画館の中で、眼前の物語に心をこらしながらスルメをしがんだりしていることが、なぜかとてもしあわせなことであるように思えて仕方がなかった。初めて抱いた不思議な感情であった。市電に乗り込むと、その震動の一定の旋律《せんりつ》に合わせて、竜夫はいつしか、父さんが死ぬがやぶ、父さんが死ぬがやと胸の内で口ずさんだ。すると、

「息子《むすこ》が大きいなって、それからしあわせになってから死ぬがや」

いつか銀蔵の言った言葉と、上半身裸になり、桜の木の下で友と肩を組んで眩《まぶ》しそうに目をしかめている十八歳の父の姿が、ひとつにからみあって思い出されてきた。市電はかなりの速度で走っていた。竜夫は吊《つ》り皮につかまり大きく前後に揺さぶられながら、窓外の静かな街並を見ていた。死ということ、しあわせということ、その二つの事柄への漠然《ばくぜん》とした不安が、突然波のように体の中でせりあがってきて、竜夫はわっと大声をあげてのけぞりそうになる自分を押さえていた。

雲が少し切れて、五月の陽《ひ》が家々の屋根に落ちてきた。関根圭太の垂れぎみの目や、大きく丸い鼻が、目先にちらついて仕方がなかった。黒い水藻《すいそう》を全身にまといつけ、深い用水路の澄みきった水の上にうつぶせて死んでいるさまが、まるではっきりと見届けたもののように思い描かれていた。水面に突き出て枯れてしまった一本の水草の上で、羽根を休めていた大きな蝶《ちょう》の、精緻《せいち》な色模様と、ついいましがた、かすかに額を汗ばませ竜夫の肩口を見つめながら立っていた英子の体臭が、市電の激しい震動と一緒に交錯《こうさく》していた。

「お前が生まれた時……」

と千代が言った。いつもはあまり血色の良くない千代の頬《ほお》が、なぜか紅潮して光っていた。

「父さん、老眼鏡をかけて、お前の掌《てのひら》や足の裏をしらべとったがや。わしとおんなじ手相をしとるって、いつまでも見とった。この豆みたいな足が、ほんとに皮靴《かわぐつ》はいて歩くようになるがやろか、それまで自分は生きとれるがやろか……。五十二で初めて子供ができたがや、猫《ねこ》可愛いがりやって人に馬鹿《ばか》にされるほど、お前のことを可愛いがった人やがに……」

「すもう取っても、絶対負けてくれんかったがや」

竜夫は吊《つ》り皮につかまっている自分の腕に顔をもたせかけて言った。なぜ負けてくれないのか不思議に思いながら、何度も組みついていった日のことがなつかしかった。

「……ほんとに、いっぺんも負けてくれんかったね ェ」

病院の入口で、顔馴染《かおなじ》みになった中年の看護婦が待っていた。明け方から大きないびきをかき始めて、それから一度も目を開かないということであった。

看護婦は小走りで病室に入ると、昏睡《こんすい》状態の重竜の両肩を激しく揺すった。

「こうやって何度も呼んどるがに……もう意識がないがですちゃ」

と言った。そしてもう一度肩を揺すると重竜の耳元で叫んだ。

「水島さん、水島さん、奥さんよ。息子さんも来たがや」

たった一日で驚く程やせこけてしまった重竜は、その時うっすらと目をあけた。看護婦があっと叫んで千代と竜夫を見た。重竜は顔を歪《ゆが》めて泣いた。声もたてず涙も流さず、それでも精一杯顔筋をひきしぼって泣いたのである。

千代は重竜の手を握りしめ、口元に耳を寄せた。泣きながら夫が何か呟《つぶや》いたような気がしたのであった。

「……はる」

と重竜はもう一度確かにそう言った。そして再び眠りにおちていった。千代の体に絞りあげられるような痛みが走り抜けた。とめどなく涙が溢《あふ》れた。千代は夫にしがみつき、

「心配いらんちゃ。何も心配することはないちゃ。春枝さんは、商売も繁盛《はんじょう》して、しあわせに暮らしとるって……。父さん、心配せんでもええちゃ」

と叫んだ。

夫の「……はる」という言葉の断片が、別れた先妻を指していることを、千代は確信していた。ぬぐってもぬぐっても、千代の顎《あご》を伝って涙がしたたり落ちた。

そのあくる日の正午近く、椅子《いす》に腰かけてまどろんでいた竜夫が、重竜の死んでいるのに気づいた。千代も同じように、つかのまの眠りにおちていて、親子はいつ重竜が息を引き取ったのか知らなかった。

初七日《しょなぬか》が明けて二日目の日曜日、竜夫の家に二人の客があった。一人は千代の兄で、

いまは大阪で飲食店を経営している喜三郎である。

夜行列車で朝早く富山に着いた喜三郎は、そそくさと重竜の遺影に焼香し、

「どうしても手の離せん用事がでけてもて、葬式にはよう出んじまいや、堪忍《かんにん》してや。いやな、わしもやっとこさ心斎橋に店を出すことが決まったんや。それやこれやで忙しいて……。どや、心斎橋やで、ちょっとびっくりしてんか」

と相好《そうごう》を崩して笑った。竜夫はこの伯父《おじ》が嫌《きら》いだった。如才《じょさい》のない笑顔の中で、いつも目だけは笑っていなかった。

喜三郎は自分の鳥打帽を竜夫の頭に乗せると言った。

「ちょっと見んまに、えらく大きなったなあ」

そしてぐるりと家の中を見渡した。

「こんだけの家でも、手離すいうたらただみたいなもんやろなあ」

言葉はもう完全に大阪弁であったが、語尾に抑揚をつけて長く曳《ひ》く話し方は、やはり北陸の訛《なまり》だった。それが癖らしく、喜三郎は何度も目をしばたたかせて、

「借金のけりはつきそうかいな」

と訊《き》いた。千代は朝食はまだという喜三郎のために、膳《ぜん》を用意した。

「抵当に入っとるで、大きな借金だけは、なんとか、この家と事務所で……」

「ない袖《そで》は振れんわい。まあ小さい借金は香典がわりに忘れてもらうんやなあ」

千代はちらっと兄を見た。重竜が倒れた時、その小さな金すら用立ててくれなかった兄であった。夜行列車の中で一睡もできなかったと言って、喜三郎は食事をすませると、千代に床を延べさせて、すぐにいびきをかきだした。

もう一人の客は昼近く訪ねてきた。玄関に立っている初老の女を見た瞬間、千代は一目でそれが重竜の先妻の春枝であることに気づいた。千代は一度も春枝と顔を合わせたことはなかった。十五年前、春枝は千代に逢《あ》うことをかたくなに拒んだし、重竜も逢わせようとはしなかった。千代とて同じ気持であった。だから、重竜と春枝との間で、当時どんなやりとりがあったのか、千代は全く知らなかった。重竜もまたそのことは一切口にしなかった。だが、よその女との間に子供をもうけ、それを理由に夫から一方的に別れをつげられた妻の気持は、千代にも痛いほど判《わか》っていた。

噂《うわさ》どおり、春枝が何不自由のない生活を送っていることは、黒々と染めてきれいにたばねられた髪と、渋い薄茶色の単衣《ひとえ》の着物が語りかけていた。

「おととい、人から聞いたんですちゃ」

そして春枝は重竜の遺影を見つめて、あんた死んだがかいねと呟《つぶや》いた。

「なさけないほど貧乏になって死んでしもうた……。ざまあみィてひと言だけでも言うてやろうて……、罰《ばち》が当たったたちゃ……、それだけ言いとうて来ましたがや」

春枝は明るい笑顔をみせて振り向いた。

「千代さんに言いに来たがでないがや。この人に言うてやりとうて……」

重竜が最後に春枝の名を呼んだことを話そうとして千代はふと口をつぐんだ。あれは春枝ではなく、じつはもっと他のことを指していたのかもしれないという気もした。千代にとって重竜は常に己れの胸の内を言葉にしてさらしながら、そのじつ決して本心を明かさぬ人であったように思えた。いったい重竜はなぜ二十年も連れそった妻と別れて自分と結婚したのだろうか。子供の親になりたかっただけなのだろうか。それとも真実自分を愛してくれたからだろうか。千代は春枝と向かい合って座ったまま、じっと考えこんでいた。

ハンドバッグから眼鏡《めがね》を出して、春枝はそれをかけるとかたわらの竜夫を覗《のぞ》きこんだ。

「大きなって……。千代さんとは今日が初めてやれど、竜夫ちゃんとは二回目やが」

と言って笑った。千代は驚いて春枝を見つめた。

「千代には内緒や言うて、あの人、まだ二つの竜夫ちゃんを抱いて、金沢の私に見せに来たことがありますちゃ」

千代には思いもよらない話だった。

「そんなことがあったがですか……」

「これがわしの一粒種よ、そう言うて嬉《うれ》しそうにしとった。なんや阿呆《あほ》らしゅうなって、私も二人と一緒に金沢の駅前で夕ごはんを食べたがや。ほんとの夫婦、ほんとの親子みたいにしてごはんを食べると、私はもうたまらんほど悲しいなってきて……。なんか商売せえ言うてェ、別れる時にもろうたと同じくらいの金を、その時私にくれましたちゃ。商売をたたんだ古い旅館が売りに出とるって教えてくれて、あの人のすすめで、今の商売を始めたんですちゃ。また逢《あ》いにくるぞって言うから、私はもう来んでくれって頼みましたがや。そない言うてもまた来る人やと思うとったら、ほんとにそれきり一遍も来んかった……」

なんや夢みたいやねえと呟《つぶや》いて、春枝は自分の手の甲に視線を落とした。

「私も六十三になったがや」

それから春枝はきっとした表情をつくり、じっと眼鏡《めがね》越しに竜夫を見つめていた。

千代と竜夫は、市電の停留所まで春枝を送って行った。春枝が黙っていつまでも竜夫に視線を注《そそ》いでいるさまを見ていると、千代はこの夫の先妻と、なぜかこのまま別れてしまいたくない気持がつのってきた。千代が何か言おうとした時、市電がやって来た。

「竜夫、富山駅まで送ってあげられ」

千代はとっさにそう言って竜夫の背を押した。

富山駅までくると、こんどは春枝が竜夫に高岡まで一緒に行こうと誘った。

「……高岡まで？」

「遠すぎようか？」

「なァん、ええけど」

「急行なら一駅やに、高岡まで送ってくだはりまっせ」

春枝は明るく笑いながら強引に竜夫の腕を引っぱった。

神通川を渡る時、春枝は勉強は好きかとたずねた。好きなのと嫌いなのとあると竜夫は答えた。春枝は大きく頷《うなず》いて微笑《ほほえ》んでいた。それが富山から高岡までの車中で、竜夫と春枝が交わした言葉らしい言葉であった。あとは春枝は何も語らず、竜夫を見つめつづけるばかりであった。

列車が高岡に着くと、竜夫はホームに降り、春枝の座っている席のところまで行った。春枝は列車の窓から両手を出して竜夫の腕をつかんだ。そして顔をくしゃくしゃにし、涙声で言った。

「おばちゃんのできることは何でもしてあげるちゃ。商売が何ね、お金が何ね。そんなもんが何ね。みんなあんたにあげてもええちゃ……」

春枝は泣きながら紙きれに自分の住所を書きつけて竜夫に渡した。乗客もホームに立つ人も怪訝《けげん》そうに竜夫と春枝を見ていた。列車が走り出すと、竜夫は小走りでついていった。

「また逢《あ》おうねェ、また逢おうねェ」

春枝が叫んでいた。

その夜、喜三郎は親子に大阪へ引っ越すことをすすめた。川べりからかすかに虫の声が聞こえていた。

「心斎橋に店を出すんや。みんなびっくりしてるでェ。とにかく客商売は場所や。場所さえ手に入れたら、あとはこっちのもんや。ここまでくるには、ほんまに苦労したで」

店が二つにふえると、古い店をきりまわす人間が必要なのだと喜三郎は言った。

「それを、千代にまかせたいと思うんや。お前も昔は金沢で客をあしろうた時代もあるんや。そら人間はなんぼでもおるわいな。そやけど気心の知れた安心できる人間は、やっぱり自分の身内でないとなあ……。二人きりの兄妹や。そのうえわしは子無しやさかい、気楽といやあ気楽やけど、精無《せい》いといえば精無いわ」

決心のつきかねている千代に、喜三郎はさとすように囁《ささや》いた。

「ちゃんと返したとは言え、わしが大阪へ出て商売を始める時に、重竜さんから借りた金への義理も果たしときたいがな。……よう考えてみィ、竜夫も来年は高校に行かんならん、本人がその気なら、大学へも行かしてやりたいがな。そやけど、もうすぐ五十になろうちゅう女が皿洗いしてなんぼ稼《かせ》げるねん。大阪へ来て、わしの店を手伝いなはれ。わしが竜夫を高校へも大学へも行かしたるやないか」

新しく出す店に没頭したい喜三郎は、いまの店をまかせられる体《てい》のいい働き手が欲しいのであった。

「兄さんの気持はありがたいちゃ。けど……」

「どこで暮らしたかておんなじや。住みなれた土地を離れるのはいややろうけど、大阪かて、あれでなかなかええ街《まち》やでェ」

喜三郎は竜夫にも話しかけた。

「夏休みに入ったら引っ越しなはれ。しっかり勉強して大阪の高校を受けるんや。都会はいなかと違うて、何もかも程度が高いよってに、いまから勉強しても追いつかんかも判らん。おっちゃんがちゃんとええようにしたる。私立のええ高校がなんぼでもあるんや。竜夫、お母ちゃんと一緒におっちゃんとこに来なはれ。通天閣のよう見えるにぎやかなとこや」

竜夫は黙って立ちあがり、自分の部屋に行った。机の引き出しをあけて、関根からもらった小箱を取り出した。英子の写真の下に、大森亀太郎との間で交わした借用書が折り畳んで入れてある。竜夫はその下に、さらに、きょう春枝が手渡してくれた紙きれをしまった。そして椅子に座ってまたいつまでも英子の写真を眺《なが》めていた。

「ことしはまことに優曇華《うどんげ》の花よ。出るぞォ、絶対出るぞォ」

仕事を終えた銀蔵が、荷車をひいて竜夫の家に立ち寄り、そう言った。

「ほんとかァ。なして判るがや」

竜夫が勢い込んで訊くと、

「大泉に住んどる昔なじみが、こないだわしの家に来て言うとった。いつもは川ぞいにぼつぼつ螢が飛んどるがに、ことしはまだ一匹も姿を見せん……」

「一匹もおらんのかァ？」

「なァん、じゃから優曇華《うどんげ》の花よ。前の時もそうじゃった。こんな年は、ばっといちどきに塊まって出よるがや。間違いないちゃ」

「いつ行くがや？」

「螢が交尾しよる頃やちゃ、螢の時期が終わるぎりぎりの頃《ころ》がええがや」

こうもりの飛びかう夕空を窺《うかが》いながら、銀蔵は来週の土曜日にしようと囁《ささや》いた。週があければきっと一斉に田植が始まる筈《はず》である。

「弁当持って遠足がてらに行くがや。雨が降ったらとりやめじゃ。あとにも先にもその一日きり。もし出なんでも恨みっこなし」

冷たい井戸水でタオルを濡《ぬ》らすと、千代は固く絞って盆に乗せた。

「いつも元気で精の出ることで。汗でも拭《ふ》いて一服してくだされ」

銀蔵は半分に切った煙草《たばこ》をきせるに差した。

「ことしは息子の七回忌ですちゃ」

「ああ、もうそんなになるかねェ……」

妻に先立たれた銀蔵は、いまは娘夫婦と暮らしている。大工だった息子の源二は、建築中の家の屋根から落ちて死んだ。もう七回忌かと、千代はあらためて思った。そして死んだ源二にその当時許嫁《いいなずけ》がいたことを思い出した。礪波《となみ》の石屋の娘であった。千代はその娘の健康そうな肌《はだ》のつやと、よく響く歌声を覚えていた。源二がその娘を連れて婚約の挨拶《あいさつ》に訪れたことがあったからである。娘は竜夫や近所の子供たちに、礪波地方でよく歌われる民謡を何度も歌って聞かせていた。お近づきのしるしやがと言って笑う娘の表情が心に残った。それから十日もたたないうちに源二は死んでしまった。

「あの娘さん、どうしとるがやろか?」

もう結婚して子供もできているだろうと言おうとして千代は口をつぐんだ。頭を血で染めた源二にくらいつき、自分も血まみれになって石のようにいつまでも動かなかった銀蔵の姿を思い出していた。

誰《だれ》にも言わんかったがと銀蔵は口を開いた。

「源二のやつ、娘を孕《はら》ましとって……。だいぶあとになって判ったがや。わしは礪波まで行ってのォ、土下座してむこうの親に謝ったがや。子をおろしたっちゅう手紙をもろうてそれきりですちゃ」

竜夫は自転車に乗って英子の家まで行った。「辻沢歯科」の看板にはもう灯《ひ》が入っている。一階の診療室の前には二、三人の患者が待っていた。横手口の呼鈴を押し、竜夫は身を固くして佇《たたず》んでいた。英子の母が顔を出した。

「まあ竜っちゃん、どうしたがや」

初子は重竜の葬儀にも参列したが、話をする暇もなかった。それで、竜夫と初子は何年振りかで言葉を交わした。

「英子もおるで入ってこられ。そんなとこに立っとらんと……。昔は自分の家みたいに勝手にあがり込んだくせに、きょうはえらい遠慮ぶりですがや」

英子も二階から降りてくると、くすくす笑いながら、

「竜っちゃん、あがられ」

と誘った。そんな英子は、いつも学校で見るのと違って、小学生の頃のあの親しさを漂わせていた。

竜夫は勝手口に立ったまま、螢狩りの日が決まったことを伝えた。初子は娘を螢狩りに行かすことに反対らしかった。英子が不満そうに母親の背中を押した。

「夜遅うなるしねェ……。銀蔵さんが一緒やいうても、あの齢《とし》やし」

「母さんも一緒に行くがや」

と竜夫は嘘《うそ》をついた。初子はじっと娘の顔を見ながら、やっと許可を与えた。

「そらまあ、女は受験勉強より螢狩りの方が向いとるけど……。千代さんが一緒なら心配はないちゃ。せっかくのお誘いやしねェ」

あんまり遅うならんようにと初子は娘に念を押した。そして、

「そんな螢なら、私もいっぺん見てみたいちゃ。けど看護婦が急にやめてしもうて、てんてこまいでェ」

と顔をしかめて見せると、台所の方に姿を消した。

「雨、降らんようにお祈りするちゃ」

と英子が小声で言った。そんな英子は、ひどくおとなびていた。英子は珍しく自分からいろんなことを話しかけてきた。竜夫が帰ろうとすると、英子は、

「関根君、泥棒やが」

そう言って竜夫を睨《にら》んだ。英子は耳まで赤くなっていた。

「写真、返すちゃ」

竜夫も赤くなって答えた。

「そんな友情、聞いたことないちゃ」

そして英子は下をむいたままいつまでも顔をあげなかった。

竜夫はまっすぐ家に帰らず、道をでたらめに右に左にと曲りながら、自転車を走らせていった。

「母さんをだしに使うて、英子ちゃんを誘うたがか」

千代はおかしそうに笑った。重竜の死後、初めて見せた母の笑顔であった。

「なァん、だしに使うたでないっちゃ。母さんも一緒に行くやろと思たがや」

「母さん折角やけど行けんよ。うまいこと言うてェ……」

「なしてよォ……?」

「用事がいっぱいあるちゃ。喜三郎兄さんに手紙も書かにゃならんし」

「母さん、大阪へ行くがか?」

竜夫はこれまでも同じ質問を母に投げかけていた。いつも千代は黙って答えなかった。千代自身、これからどういう身の振り方をしたらいいのか思いあぐねていたのだった。六月が終ったらこの豊川町の家は明け渡さなければならなかった。親子二人が住める家は、いくらでもあったが、もし喜三郎に随《したが》って大阪へ移るとなると、それまでに余計な金を使うことが惜しまれた。あれ以来二度程喜三郎から催促の手紙が届いていた。喜三郎はどうやら本気らしかったし、千代にとっても悪い話ではなかった。たとえ喜確かに喜三郎の言う通り、賄い婦をして得られる収入はたかが知れていた。たとえ喜三郎に体《てい》よく利用されるにしても、新聞社の社員食堂に勤めて細々と暮らすよりましかもしれなかった。だが、心から信頼を寄せている訳でもない兄を頼って、この住み慣れた地を離れることの決心は、千代にはどうしてもつきかねていた。

「竜夫は大阪へ行くこと、どう思う？」

と千代は息子に訊《き》いた。

「母さんが行きたいなら、俺《おれ》はええちゃ」

「ほんとに行ってもええがか」

「……うん」

そんな筈《はず》は決してなかった。千代は竜夫の気持がよく判《わか》った。竜夫がもう少し大きくなるまでは、この生まれ育った古里《ふるさと》から離れさせたくないと思っていた。だが竜夫は竜夫で、自分たちはきっと大阪へ行くだろうと予感していた。喜三郎から大阪へくることを勧められた時から、なぜかそんな気がしていたのである。そして二人とも大阪へなど行きたくなかった。

大森亀太郎から借りた金は、病院への払いと葬儀の費用で半分は使ってしまっていた。そのうえ、どうしても支払っておかねばならないこまごまとした借金を払っているうちに、残りもあらかた消えてしまったのである。親子はすでに明日からの生活に難儀を強《し》いられていた。

玄関で声がした。英子と初子の親子であった。

「ちょっと早いけど、娘を連れて来ましたちゃ」

と初子が大きい声で言った。そして、

「ええ天気でよかったねえ」

と笑った。空は滅多にない程青く澄みきっていた。

うしろに腕を回して、英子は恥しそうに母親《はは》の背後で立っていた。黄色い小花を散らしたワンピースは、英子の色白の肌によく映えた。その女らしさは、自分よりももっと遠くのものを知っているような風情《ふぜい》が宿っていて、竜夫は一目で気遅れしてしまった。

「きょうは昼からお弁当作るのに大変でしたちゃ」

初子は水筒と重箱を重そうにかざした。

「ほんとに、無理に誘うたりしてねェ。お握りだけはこしらえといたけどォ……」

「なァん、連れて行ってもらうのはこの娘の方やけに、食料はこっち持ちですちゃ。……年頃の娘を持つと、神経質になってしもうて、やっぱり夜遅うなるやろ思うて心配したがや。銀蔵さんやお母さんも一緒に行かれるて聞いて安心してェ」

千代は上目使いで竜夫を見つめそのまま笑いながら初子に言った。

「そんなにたくさんの螢なんて見たことないから、いっぺんどんなもんか見とうなってねェ。それできょうは私の方が一所懸命ですちゃ」

玄関の上り口に腰かけていた初子は、

「螢もだんだん少なる、昔はこの辺にも何匹か飛んどったがに。ええ農薬が出来るのは結構やれど」

と言って立ち上った。そして、おみやげに螢をたんと持って帰ってくだはりませと三人に言って帰っていった。初子と入れ替るように、銀蔵が糊《のり》をきかした真新しい半《はん》纏《てん》を着て訪れた。銀蔵は英子を見るなり、

「やあやあ、なんと別嬪《べっぴん》さんになりなさって、驚いたちゃ」

と喜色満面で言った。

「この爺《じい》ちゃんの知っとる英子ちゃんは、短いスカートはいて走り廻《まわ》っとったぞ」

銀蔵の優しさが、英子の口をほぐしていった。

「爺ちゃんはいっつも半纏着てェ……。よそいきも半纏やね」

「おうよ、きょうの半纏は特別上等のよそいきやちゃ」

銀蔵は、服を着替えて玄関に出て来た千代を見て、

「あれ、千代さんも行くがけ?」

と訊《き》いた。

「行かにゃならんはめになってしまいましたがや」

竜夫には、千代もまた何となくはしゃいでいるように見えた。

銀蔵は腰に下げた大きな水筒を指差した。

「これは酒じゃ。ちゃんと懐中電燈も持って来たし、草の上に座るにはビニールの風呂敷《ふろしき》もいるがちゃ」

その銀蔵の持ち物と英子の持参した水筒や弁当に、千代の作った握り飯を加えると、かなりの荷物になった。それらを自転車の荷台にくくりつけて、竜夫が押していくことになった。四人はまだ明るい川すじを南に向かって上っていった。いたち川はいつになく煌《きら》めいて、一筋の錦繡《きんしゅう》に見えた。

木の橋が等間隔につづいていて、川はゆるやかにくねりながら少しずつ深くなっていく。見慣れた風景もいつしか終り、未知の町がやがて閑静な村の風情《ふぜい》へと変っていった。

「滑川《なめりがわ》っちゅう所の手前に、常願寺川っちゅう川が流れとるちゃ。神通川よりちょっと細い川じゃが、おんなじように富山湾に流れ込んどるがや。その常願寺川の上流が立山に繫《つな》がっとるのよ。いたち川は常願寺川の支流でのお、それでこの川にも、春から夏にかけて立山の雪解け水がたっぷり混じっとるがや」

三人がそれぞれ申し合わせたように口を閉ざしてしまったので、銀蔵はひとり気を遣《つか》って喋《しゃべ》りつづけたが、そのうち黙りこくってしまった。ゆっくりと歩を進めているうちに、陽は少しずつ傾いていった。

四人の横を鳶《とび》が落下してきて、うっすらと赤みを帯び始めた川面《かわも》をよぎり、一尾の小魚を射とめた。

大泉中部を過ぎると、川は富山地方鉄道の立山線と交差して、さらに細く深くなっていった。そして田園が拡《ひろ》がり始めた。田植の準備に慌《あわただ》しい農家の人たちが、水を敷いた田んぼの中でそろそろ帰り支度を始めている。

竜夫は、いまはまだぬかるみに近い田んぼを見て、ふと父の言葉を頭に思い浮かべた。言葉を失った重竜は、いつか竜夫の問いに対して、

「……いね」と必死に呟《つぶや》いたことがある。あれは「帰れ」ではなく螢の出現する時期を教える言葉だったのかも知れないと思った。稲を植える直前が螢の季節であった。「稲」と父は言おうとしたのだろうか。竜夫はその時の父の泣き顔と、自分にむしゃぶりついてきた恐ろしい動きを思った。だが、それがはたして「稲」であったかどうかは竜夫にはもう判らなかった。

「ちょっと、くたびれたねェ……」

千代の言葉でみんな歩みを止めた。四人はすでに相当の距離を歩いていた。竜夫もずっと自転車を押しつづけて、横腹のあたりがだるかった。ちょっと一服じゃァと言って銀蔵は道端の石に座り込んだ。

「こんなに歩いたのは何年振りかのお、なんか、この世での歩き納めっちゅう気がせんでもないがや」

日灼《ひや》けた銀蔵の顔の皺《しわ》は、表情が変わるたびに音をたてて動くかのようであった。

「これしきで音《ね》はあげられんちゃ。わしは螢が出よるまで一晩中でも歩く覚悟よ」

「わたしも歩くちゃ」

と英子が相槌《あいづち》を打つと、

「みんなもっと喋《しゃべ》られェ、なんか葬式の行列みたいじゃ」

銀蔵はそう怒鳴った。四人の笑い声で、畦道《あぜみち》を歩いていく農家の人たちが振り返った。

「もうくたびれてしもうて声も出んがや」

千代は本心からそう呟《つぶや》いた。これまでの長い疲れが、歩くたびに体の芯《しん》から絞り出されてくるような心持ちであった。

「螢、ほんとに出るがやろか？」

楽しそうに銀蔵に問いかけている英子のすっかり娘らしくなった胸や腰を見ていると、千代はそこに何かしら恐ろしいものを嗅ぐような気がして目をそらしてしまった。

もう少し行くと小さな森の中に入るという銀蔵の言葉で、四人は立ちあがった。そこで食事をすることに決まった。

銀蔵が夕陽を指差した。

「おう、……暮れてきたのお」

陽は一気に落ちていった。暗雲と黄金色《こがねいろ》の光源がだんだらにまろび合いながら、一種壮絶な赤色を生みだしていた。広大な空には点々と炎が炸裂《さくれつ》していたが、それは残り火が放つぎりぎりの赤、滅んでいくものの持つ一種の狂おしいほどの赤であった。

「螢、ほんとに出るがやろか?」

と英子がまた銀蔵に訊《き》いた。

「わしの勘に狂いはないがや。きっと一生に一遍の日になるちゃ」

それからまた相当な道のりを歩いた。銀蔵の言葉どおり、いたち川は左に曲がりながら、木々の繁茂《はんも》の中を抜けていた。そこから向こうを眺めると、道は極端に細くなっている。自転車を押して歩ける幅ではなかった。竜夫はそこに自転車を置いていくことにした。日が暮れてしまうと風が冷たかった。木々の下はもう全くの闇《やみ》であった。草叢《くさむら》にビニールを敷いて、四人は足を投げだした。銀蔵が木の枝に懐中電燈をぶらさげた。虫の鳴き声とせせらぎの音が地鳴りのように高まっている。遠い人家の灯が水田の中に点在していて、それらはよく見るとこころもち低地で光っている。知らぬまに道はのぼっていたのである。川のほとりの道は、そこから土手のように伸びているのであった。深い草叢が細道を包み込んでいた。

「もうどこらへんまで来たがやろか？」

という英子の問いに、

「大泉を過ぎて、もうだいぶ歩いたから……」

体をまさぐりながら銀蔵は何かをさがしていた。

「しもうた。時計を忘れて来たちゃ」

英子も千代も時計を持ってこなかった。もちろん竜夫もであった。

「来た道をまた歩いて帰ることになるから、早いこと引き返さんと……」

千代が言った。英子をちゃんと家まで送り届けなければならぬと彼女は思っていた。

いまから引き返したとしても、九時を廻《まわ》るに違いない。

「なァん、遅うなってもかまわんちゃ。……まだ螢の生まれよるところまで来とらんのに」

英子は不満そうに前髪をつまんだ。

「生まれよるとこでないがや。あっちこっちから集まってきてェ、交尾しよるとこやが」

銀蔵は体から甘い酒の匂《にお》いを漂わせていた。

「千歩、歩こう」

とそれまで一度も口をきかなかった竜夫が言った。

「千歩行って螢が出なんだら、あきらめて帰るちゃ」

「千五百歩目に出たらどうするがや」

と英子がなさけなさそうに答えたのでみんな笑った。

「よし千五百歩まで歩くちゃ。それで出なんだらあきらめるがや。それに決めたぞ」

梟《ふくろう》の声が頭上から聞こえた。千代の心にその瞬間ある考えが浮かんだ。人里離れた夜道をここからさらに千五百歩進んで、もし螢が出なかったら、引き返そう。そして自分もまた富山に残り、賄《まかな》い婦をして息子を育てていこう。だがもし螢の大群に遭遇《そうぐう》したら、その時は喜三郎の言うように大阪へ行こう。

立ちあがった千代の膝《ひざ》がかすかに震えた。千代とて、絢爛《けんらん》たる螢の乱舞を一度は見てみたかった。出逢《であ》うかどうか判らぬ一生に一遍の光景に、千代はこれからの行末を賭けたのであった。

また梟《ふくろう》が鳴いた。四人が歩き出すと、虫の声がぴたっとやみ、その深い静寂の上に蒼《あお》い月が輝いた。そして再び虫たちの声が地の底からうねってきた。

道はさらにのぼり、田に敷かれた水がはるか足下で月光を弾《はじ》いている。川の音も遠くなり懐中電燈に照らされた部分と人家の灯《ひ》以外、何も見えなかった。

せせらぎの響きが左側からだんだん近づいてきて、それにそって道も左手に曲がっていた。その道を曲がりきり、月光が弾け散る川面を眼下に見た瞬間、四人は声もたてずその場に金縛りになった。まだ五百歩も歩いていなかった。何万何十万もの螢火が、川のふちで静かにうねっていた。四人がそれぞれの心に描いていた華麗なおとぎ絵ではなかったのである。そしてそれは、滝壺《たきつぼ》の底に寂寞《せきばく》と舞う微生物の屍《しかばね》のように、はかりしれない沈黙と死臭を孕《はら》んで光の澱《おり》と化し、天空へ天空へと光彩をぼかしながら冷たい火の粉状になって舞いあがっていた。

四人はただ立ちつくしていた。長い間そうしていた。

やがて銀蔵が静かに呟《つぶや》いた。

「どんなもんじゃ、見事に当たったぞォ……」

「ほんとに、……凄《すご》いねェ」

千代も無意識にそう言った。そして、嘘《うそ》ではなかったねェと言いながら、草の上に腰をおろした。夜露に濡《ぬ》れることなど眼中になかった。嘘ではなかった、千代は心からそう思った。この切《せつ》ない、哀《かな》しいばかりに蒼《あお》く瞬《またた》いている光の塊りに魂を注いでいると、これまでのことがすべて嘘ではなかった、その時その時、何もかも嘘ではなかったと思いなされてくるのである。彼女は膝頭《ひざがしら》に自分の顔をのせて身を屈《かが》めた。全身が冷えきっていた。

「おったねェ……」

耳元に囁《ささや》きかけてくる英子の息が、竜夫の中に染《し》み通ってきた。

「……交尾しとるがや。また次の螢を生みよるがや」

銀蔵の口調は熱にうかされているように、心なしか喘《あえ》いでいた。

「傍まで降りて行こうか？」

と竜夫が言った。

「なん、いやや」

英子は竜夫のベルトをつかんで引き留めた。

「ここから見るだけでええがや」

「なして？」

英子はそれに答えず、ベルトをつかんでいる手の力を強めてきた。竜夫は川のほとりに降りていった。

「竜っちゃん、やめよお、ねえ、行かんでおこう」

何度も呟《つぶや》きながら、英子はそれでも竜夫についてきた。間近で見ると、螢火は数条の波のようにゆるやかに動いていた。震えるように発光したかと思うと、力尽きるように萎《な》えていく。そのいつ果てるともない点滅の繰り返しが何万何十万と身を寄せ合って、いま切なく侘《わび》しい一塊の生命を形づくっていた。

竜夫と英子のいる場所は川にそった窪地《くぼち》の底であった。夜露が二人の膝元をぐっしより濡《ぬ》らしてしまった。

竜夫は土手を振りあおいだ。ただ闇《やみ》ばかりで何も見えなかった。そこからは月も樹木にさえぎられていた。銀蔵も千代も頭上の草叢《くさむら》に座っている筈《はず》だったが、竜夫からは見えなかった。傍らの英子の顔までさだかではなかった。英子はまだずっと竜夫のベルトを握りつづけたままであった。竜夫は英子に何か言おうとしたが言葉にならなかった。彼は体を熱くさせたまま英子の匂いを嗅《か》いでいた。

その時、一陣の強風が木立《こだち》を揺り動かし、川辺に沈澱《ちんでん》していた螢たちをまきあげた。光は波しぶきのように二人に降り注いだ。

英子が悲鳴をあげて身をくねらせた。

「竜っちゃん、見たらいややァ……」

半泣きになって、英子はスカートの裾《すそ》を両手でもちあげた。そしてぱたぱたとあおった。

「あっち向いとってェ」

夥《おびただ》しい光の粒が一斉にまとわりついて、それが胸元やスカートの裾から中に押し寄せてくるのだった。白い肌が光りながらぼっと浮かびあがった。竜夫は息を詰めてそんな英子を見ていた。螢の大群はざあざあと音をたてて波打った。それが螢なのかせせらぎの音なのか竜夫にはもう区別がつかなかった。このどこから雲集してきたのか見当もつかない何万何千万もの螢たちは、じつはいま英子の体の奥深くから絶え間なく生み出されているもののように竜夫には思われてくるのだった。

螢は風に乗って千代と銀蔵の傍にも吹き流されてきた。

「ああ、このまま眠ってしまいたいがや」

銀蔵は草叢《くさむら》に長々と横たわってそう呟《つぶや》いた。

「……これで終りじゃあ」

千代も、確かに何かが終ったような気がした。そんな千代の耳に三味線のつまびきが聞こえた。盆踊りの歌が遠くの村から流れてくるのかと聞き耳をたててみたが、いまはまだそんな季節ではなかった。千代は耳をそらした。そらしてもそらしても、三味線の音は消えなかった。風のように夢のように、かすかな律動でそよぎたつ糸の音は、千代の心の片隅でいつまでもつまびかれていた。

千代はふらふらと立ちあがり、草叢《くさむら》を歩いていった。もう帰路につかなければならない時間をとうに過ぎていた。木の枝につかまり、身を乗り出して川べりを覗《のぞ》き込んだ千代の喉元《のどもと》からかすかな悲鳴がこぼれ出た。風がやみ、再び静寂の戻った窪地の底に、螢の綾《あや》なす妖光《ようこう》が、人間の形で立っていた。

解説

―闇への入り口―

水上勉

「泥の河」は太宰治賞になり、「螢川」は芥川賞になった。作者の代表作二篇ということになる。二作とも一九七七年の「文芸展望」に掲載され、七月と十月に発表されているから、作者は、この年の約四か月間を、二作に身魂を傾けて、ふたつの文学賞を射止めたことになる。宮本さんはこの年まわりは三十歳。ずぶの新人であった。文壇登場の例としてめずらしい。おそらく、作者自身にとっても思いがけぬことだったろうが、いまあらためて、この二篇を読んでみると、作者の素質も、文学の方向も、よく物語って興味ぶかい。

先ず「泥の河」からいえば、一見古風なように見えるが、(これは「螢川」にもいえるのだが)なかなかに、恐さをしのばせているのである。大阪の堂島川と土佐堀川が合わさる安治川《あじかわ》に、橋が三つ架《か》かった場所、藁《わら》や板切れや、腐った果実が浮いているその川の岸で食堂をいとなむ家の少年と家族。さらにその川にうかんだ舟で軀をひさぐ母のもとでくらす姉弟の交友を通じて、子供の眼《め》にうつる大人たちの世界と、泥々した川の風物と異臭をつたえて、気味のわるい芸を見せる作品である。うっかり異臭といったが、不思議に、読んでいて、そういう匂いが鼻に迫る。このあたりに、宮本さんの芸があるとみた。匂いばかりではない。色彩についてもそれはいえて、たとえば、後半にきて、喜一が蟹を竹箒《たけぼうき》でとって、大きな茶碗にランプ用の油を入れて、蟹をひたし、それを舟べりにならべて火をつける描写などである。

「動かずに燃え尽きていく蟹《かに》もあれば、火柱をあげて這《は》い廻《まわ》る蟹もいた。悪臭を孕《はら》んだ青い小さな焔《ほのお》が、何やら奇怪な音をたてて蟹の体から放たれていた。燃え尽きる時、細かい火花が蟹の中から弾《はじ》け飛んだ。それは地面に落ちた線香花火の雫《しずく》に似ていた」

あげてゆけばきりがない。こういう眼のゆきとどいた杭にささえられて、往々にして感傷に流れやすくなりかねない物語を作者はじんわりと深みのある人生にいざなう。このあたりの力量が受賞の理由と思うが、私もまた、最初は一見古風な物語かと読みすすみながら、しだいに、子供の眼がとらえているおそろしい大人の世界に眼をすえていったことを白状する。ただ、いま少しの刈り込みがあればいっそう鮮明にと思える箇所がないではない、と思ったのは私の好みだろうか。じつはそう最初に感じたものが、こんど二どめの読了で、あるいは、逆にこの悠長さが作者の術かと思えた。あくまで子供の眼につれそった故にである。とすると、作者の流した脂汗は、視座の固定にあって、最初に私が感じたものは、もともと作者の心得の中にあり、古風とみえる文体で、私たちをひきずったのはこの執念の在所《ありか》である。

「螢川」は、「雪」「桜」「螢」の三章に分れているが、同一主人公の少年の眼にうつった大人の世界である。舞台は大阪でなく、日本海辺の富山市である。少年は中学三年生である。ここでも級友たちとの交友が描かれるが、思春期の生ぐさい感じがよく出ていて、とりわけ父重竜の死後、年も下だった母千代が、北陸の鼠いろの空の下でけだるくくらす風姿が、作者の眼のゆきとどいた描写で、どきっとするほどとらえられて生々しい。

「蒲団《ふとん》の中が温まってくると、竜夫はにわかに疲れを感じて眼を閉じた。痙攣《けいれん》を起こして崩折れていく瞬間の父の顔が、胸の奥に刻み込まれていた。もうわしをあてにするなという父の言葉が聞こえて、彼は寝返りをうった。柱時計が止まったままなので、家の中は物音ひとつなかった。竜夫はそっと起きあがって隣りの部屋をのぞいた。柱時計の下に座ったまま、千代は重竜の入れ歯を膝《ひざ》に置いてじっとうなだれていた」

会話で、やはり悠長に話をすすめてゆきながら、ところどころで、しっかりとゆわえなおす手法を作者は、駆使するのである。何といっても、千代の不思議な容姿がいい、越前岬に重竜とふたりで旅行する。水仙の丘に牡丹雪が降ってきて、ふたりは、「身をかがめて」海岸から離れてゆく。こういうところ宮本さんの手といってしまえばそれですむ話だが、だまされてついその簡略ながら、のがさぬ眼のふかさにつられてゆくのである。そうして「螢」にきて、最後の川原の螢の乱舞を見て、息を呑《の》まされた。

「千代はふらふらと立ちあがり、草叢《くさむら》を歩いていった。もう帰路につかなければならない時間をとうに過ぎていた。木の枝につかまり、身を乗り出して川べりを覗《のぞ》き込んだ千代の喉元《のどもと》からかすかな悲鳴がこぼれ出た。風がやみ、再び静寂の戻った窪地の底に、螢の綾《あや》なす妖光《ようこう》が、人間の形で立っていた」

暗い闇が口をあけ、螢が糸をひいてとんでいる。作者はこの幻世界へ読者をいざなっておいて冷たく筆をおく。

こう書いてくると、宮本輝の描く世界は奇妙な暗い一幅の絵だ。決して明るくない。そうして、その絵は、油彩を厚くかさねるねちっこくぬりたくる心理主義の手法でなく、一見淡彩でさえある。薄い黒を、きめこまかくぬりこんだ地に、人と自然が妖かにうごめいている。「泥の河」には、ブリューゲルを思わせる細部があり、「螢川」にも、やはり、どこかに洋風なものが看取されるといったら、誤解をまねくかもしれない。しかし、いまのところ、このような言い方で、宮本さんの芸の妙を私は自分に説得しているのである。「泥の河」では、巨大なお化けの鯉が出てきて、泥にかくれて人を呑んでいたはずだし、それが、あの哀れな少年と姉の一家のゆれ流れる舟のあとをついてゆくのである。そうして、お化け鯉と、行方《ゆくえ》知れずになる淫売婦の母子らの乗る舟を、必死に追いかけてゆく岸の少年主人公。これは、そうとしかいいようのない絵だ。「螢川」の末尾も、私には闇がふかくて恐ろしかった。

ひょっとしたら、宮本輝は、人間の生よりも、死につよくひかれているのではないか。というよりは、生きの人の世をえがくに、死がいつも裏打ちになっていてこそ当然だとする態度かと、その絵のありように感懐をおぼえた。いずれにしても、この新人の登場について、いくたの評論家や、作家が賞の選衡に当ったこともあって、評価をあたえたのだが、作者の資質と、その意図的な文学方法についてわかりやすく語りあかしてくれた人はなかった気がする。私は、今回読みかえして、以上のような感想をもった。この二作に手法の古さといってしまえば言い得るこの作家の、もう一つの闇への入り口と展望を暗示されて、深い感懐をもったのである。

本書は、一九八〇年二月に角川文庫として刊行された作品を改版したものです。
なお本書中には、パンパン、乞食、気違い沙汰、かたわ、淫売婦といった今日の人権擁護の見地に照らして不適切と思われる語句や表現がありますが、作品の舞台となった時代背景や、作品自体の文学性などを考えあわせ、底本のままとしました。

（編集部）

螢《ほたる》川《がわ》

宮《みや》本《もと》 輝《てる》

昭和55年 2月29日 初版発行
平成30年 10月25日 改版初版発行
令和７年 4月10日 改版５版発行

発行者●山下直久

発行●株式会社KADOKAWA
〒102-8177 東京都千代田区富士見2-13-3
電話 0570-002-301（ナビダイヤル）

角川文庫 21204

印刷所●株式会社KADOKAWA
製本所●株式会社KADOKAWA

表紙画●和田三造

●お問い合わせ
https://www.kadokawa.co.jp/（「お問い合わせ」へお進みください）
※内容によっては、お答えできない場合があります。
※サポートは日本国内のみとさせていただきます。
※Japanese text only

ISBN 978-4-04-106647-8 C0193

◆◇◇

角川文庫発刊に際して

角川源義

第二次世界大戦の敗北は、軍事力の敗北であった以上に、私たちの若い文化力の敗退であった。私たちの文化が戦争に対して如何に無力であり、単なるあだ花に過ぎなかったかを、私たちは身を以て体験し痛感した。西洋近代文化の摂取にとって、明治以後八十年の歳月は決して短かすぎたとは言えない。にもかかわらず、近代文化の伝統を確立し、自由な批判と柔軟な良識に富む文化層として自らを形成することに私たちは失敗して来た。そしてこれは、各層への文化の普及滲透を任務とする出版人の責任でもあった。

一九四五年以来、私たちは再び振出しに戻り、第一歩から踏み出すことを余儀なくされた。これは大きな不幸ではあるが、反面、これまでの混沌・未熟・歪曲の中にあった我が国の文化に秩序と確たる基礎を齎らすためには絶好の機会でもある。角川書店は、このような祖国の文化的危機にあたり、微力をも顧みず再建の礎石たるべき抱負と決意とをもって出発したが、ここに創立以来の念願を果すべく角川文庫を発刊する。これまで刊行されたあらゆる全集叢書文庫類の長所と短所とを検討し、古今東西の不朽の典籍を、良心的編集のもとに、廉価に、そして書架にふさわしい美本として、多くのひとびとに提供しようとする。しかし私たちは徒らに百科全書的な知識のジレッタントを作ることを目的とせず、あくまで祖国の文化に秩序と再建への道を示し、この文庫を角川書店の栄ある事業として、今後永久に継続発展せしめ、学芸と教養との殿堂として大成せんことを期したい。多くの読書子の愛情ある忠言と支持とによって、この希望と抱負とを完遂せしめられんことを願う。

一九四九年五月三日

角川文庫ベストセラー

生きるヒント　全五巻　五木寛之

「歓ぶ」「惑う」「悲む」「買う」「喋る」「飾る」「知る」「占う」「働く」「歌う」。日々の何気ない動作、感情の中にこそ生きる真実がひそんでいる。日本を代表する作家からあなたへ、元気と勇気が出るメッセージ。

いまを生きるちから　五木寛之

なぜ、日本にはこれほど自殺者が多いのか。古今の日本人の名言を引きながら、我々はどう生きるべきか、苦しみ悲しみをどう受け止めるべきかを探る。「情」「悲」に生命のちからを見いだした一冊。

人間の運命　五木寛之

敗戦、そして朝鮮からの決死の引き揚げ。あの時、私は少年の自分が意識していなかった、「運命」の手が差し伸べられるのをはっきりと感じ取った。きょうまで、私はずっと人間の運命について考えてきた――。

死を語り生を思う　五木寛之

少年の頃から死に慣れ親しんできた著者。瀬戸内寂聴、小川洋子、横尾忠則、多田富雄という宗教・文学・芸術・免疫学の第一人者と向かい合い、〝人間はどこからきて、どこにいくのか〟を真摯に語り合う。

伊豆の踊子　川端康成

孤独の心を抱いて伊豆の旅に出た一高生は、旅芸人の十四歳の踊り子にいつしか烈しい思慕を寄せる。青春の慕情と感傷が融け合って高い芳香を放つ、著者初期の代表作。

角川文庫ベストセラー

雪国　川端康成

国境の長いトンネルを抜けると雪国であった。「無為の孤独」を非情に守る青年・島村と、雪国の芸者・駒子の純情。魂が触れあう様を具に描き、人生の哀しさ美しさをうたったノーベル文学賞作家の名作。

山の音　川端康成

会社社長の尾形信吾は、「山の音」を聞いて以来、死への恐怖に憑りつかれていた——。日本の家の閉塞感と老人の老い、そして生への渇望と老いや死を描く。戦後文学の最高峰に位する名作。

こんな女もいる　佐藤愛子

「自分は全然わるくないのに、男のせいで、こんなに苦しめられている……」女は被害者意識が強すぎる。失恋が何ですか。心の痛手が貴女の人生を豊かにするのです。痛快、愛子女史の人生論エッセイ。

こんな老い方もある　佐藤愛子

人間、どんなに頑張ってもやがては老いて枯れるもの。どんな事態になろうとも悪あがきせずに、ありのままに運命を受け入れて、上手にゆこうではありませんか。美しく歳を重ねて生きるためのヒント満載。

むかし・あけぼの（上）（下）　田辺聖子

美しいばかりでなく、朗らかで才能も豊か。希な女主人の定子中宮に仕えての宮中暮らしは、家にひきこもっていた清少納言の心を潤した。平成の才女の綴った随想『枕草子』を、現代語で物語る大長編小説。

角川文庫ベストセラー

時をかける少女〈新装版〉　筒井康隆

放課後の実験室、壊れた試験管の液体からただよう甘い香り。このにおいを、わたしは知っている――思春期の少女が体験した不思議な世界と、あまく切ない想いを描く。時をこえて愛され続ける、永遠の物語！

日本以外全部沈没　パニック短篇集　筒井康隆

地球の大変動で日本列島を除くすべての陸地が水没！　日本に殺到した世界の政治家、ハリウッドスターなどが日本人に媚びて生き残ろうとするが。時代を超越した筒井康隆の「危険」が我々を襲う。

陰悩録　リビドー短篇集　筒井康隆

風呂の排水口に○○タマが吸い込まれたら、自慰行為のたびにテレポートしてしまったら、突然家にやってきた弁天さまにセックスを強要されたら。人間の過剰な「性」を描き、爆笑の後にもの哀しさが漂う悲喜劇。

夜を走る　トラブル短篇集　筒井康隆

アル中のタクシー運転手が体験する最悪の夜、三カ月以上便通のない男の大便の行き先、デモに参加した女子大生を匿う教授の選択……絶体絶命、不条理な状況に壊れていく人間たちの哀しくも笑える物語。

佇むひと　リリカル短篇集　筒井康隆

社会を批判したせいで土に植えられ樹木化してしまった妻との別れ。誰も関心を持たなくなったオリンピックで黙々と走る男。現代人の心の奥底に沈んでいた郷愁、感傷、抒情を解き放つ心地よい短篇集。

角川文庫ベストセラー

宇宙の声　星新一

あこがれの宇宙基地に連れてこられたミノルとハルコ。〝電波幽霊〟の正体をつきとめるため、キダ隊員とロボットのプーボと訪れるのは不思議な惑星の数々。広い宇宙の大冒険。傑作SFジュブナイル作品！

地球から来た男　星新一

おれは産業スパイとして研究所にもぐりこんだものの、捕らえられる。相手は秘密を守るために独断で処罰するという。それはテレポーテーション装置を使った地球外への追放だった。傑作ショートショート集！

おかしな先祖　星新一

にぎやかな街のなかに突然、男と女が出現した。しかも裸で。ただ腰のあたりだけを葉っぱでおおっていた。アダムとイブと名のる二人は大マジメ。テレビ局が二人に目をつけ、学者がいろんな説をとなえて……。

ごたごた気流　星新一

青年の部屋には美女が、女子大生の部屋には死んだ父親が出現した。やがてみんながみんな、自分の夢をつれ歩きだし、世界は夢であふれかえった。その結果……皮肉でユーモラスな11の短編。

城のなかの人　星新一

世間と隔絶され、美と絢爛のうちに育った秀頼にとって、大坂城の中だけが現実だった。徳川との抗争が激化するにつれ、秀頼は城の外にある悪徳というものの存在に気づく。表題作他5篇の歴史・時代小説を収録。

角川文庫ベストセラー

声の網　星　新一

ある時代、電話がなんでもしてくれた。完璧な説明、セールス、払込に、秘密の相談、音楽に治療。ある日マンションの一階に電話が、「お知らせする。まもなく、そちらの店に強盗が入る……」。傑作連作短篇！

春いくたび　山本周五郎

戦場に行く少年の帰りを待つ香苗。別れに手向けた辛夷を支えに、春がいくたびも過ぎていた――表題作をはじめ、健気に生きる武家の家族の哀歓を丁寧に、叙情的に描き切った秀逸な短篇集。

さぶ　山本周五郎

無実の罪で島流しとなった栄二。世を恨み、意固地になった彼の心を溶かしたのは、寄場の罪人たち、そして弟分のさぶがくれた、人情のぬくもりだった……成長、そして友情を巧みに描いた不朽の名作。

五瓣の椿　山本周五郎

大切な父が死んだ夜、母は浮気の最中だった。おしのは母、そして浮気相手の男たちを憎み、次々に復讐を果たしていくが、彼女自身も実は不義の子で……山本周五郎版「罪と罰」の物語。

柳橋物語　山本周五郎

幼さゆえに同情と愛とを取り違え、庄吉からの求愛を受け入れたおせん。しかし大火事で祖父と幼な馴染の幸太を失ったことを皮切りに、おせんは苛烈な運命へと巻き込まれてゆく……他『しじみ河岸』収録。